KB253392

새벽 다섯 시

바람이 불어오는 곳으로

이윽고 나무들이 잎들을 다 떨어버리고
발길에 나뭇잎들이 엉겨 붙어 비명을 지르고
11월의 축축한 손길이 목덜미를 어루만지고
잿빛 하늘이 어깨를 잡아당긴다.

이슬비에 북극해의 냄새가 기억을 불러일으키고
누군가 부르고 있는 것을 깨달을 때
바람의 옷자락을 잡고
빨리 바다로 내달려야 하는 것이다.

WOTAN
Farmers Market
HAVFRUEN

엽서 1
'세상'이라는 책을 읽기 위하여

문학작품이나 음악, 미술의 무대가 되었던 곳이나 영화의 배경이 된 지역을 돌아보는 것은 특별한 즐거움을 준다. 유고_{유고슬라비아} 내전의 흉터가 남아 있는 마케도니아의 오흐리드_{Ohrid}를 여행한 것도 영화 '비포 더 레인_{Before The Rain}'의 무대였기 때문이다.

인터내셔널 필름 가이드에서 '세계 영화 10'에 선정되었던 영화 〈자연의 아이들_{Children of Nature}〉, 황량한 바닷가에서 삶을 마감하는 두 노인의 고독과 갈등을 통해 인간과 자연에 대한 깊은 성찰을 하게 하는 이 영화는, 몬트리올영화제 최우수 예술공헌상을 비롯하여 프랑스 로엔, 독일 루벡 등 유럽의 여러 영화제에서도 수상 경력이 있는 영화다. 영화의 배경에서 나를 사로잡은 것은 영화의 예술성보다도 북반구 제일 위쪽에 위치한 나라 아이슬랜드의 독특한 풍광이었다.

아이슬랜드라는 나라에 대한 호기심은 여행의 목적지로서 충분했다. 눈雪과 얼음의 섬나라, 변덕스런 날씨에도 근면한 생활로 세계에서 가장 높은 국민 만족도를 자랑하는 나라 – 빙하와 만년설, 북극 해안에 서식하고 있는 새 떼, 화산으로 인해 형성된 갖가지 색과 무늬가 아름다운 산들을 내 눈으로 직접 확인하고 싶었다.

한 달 동안 섬 전체를 일주하기로 계획을 세우고 바삐 돌아가는 학기 틈틈이 여행 자료를 수집했다. 아이슬랜드에 대한 여행 안내서는 미흡해서 겨우 찾은 론리 플래닛 한 권에 의지를 하고, 섬나라의 무섭게 높은 물가를 감안해 인터넷으로 유스호스텔을 검색해 일정에 맞춰 예약했다. 비행기 티켓을 예매하려고 수도인 '레이캬빅_{Reykjavik}'을 말했더니 항공사 여직원도 생소한 표정으로 이 도시의 예약은 처음이라고 했다. 일단 파리로 가서 다시 런던으로 간 후, 레이캬빅으로 가기로 했다.

유럽에서 가장 북쪽에 위치한 아이슬랜드의 수도 레이캬빅 공항에 도착한 시간은 밤 열두 시 반. 입국 심사 직원이 여권을 확인하면서 '사우스 코리아South Korea'가 생소하다면서 놀란 표정을 지었다.

한 푼의 경비라도 아껴 보려고 공항 로비에서 밤을 새우고 새벽에 첫 버스로 시내에 나갈 계획을 세웠다. 그런데 난데없이 공항 경비가 나타나더니 공항 내에서는 밤을 새울 수 없으니 밖으로 나가라는 것이다. 첫날부터 계획에 차질이 생겨 난처하기 짝이 없었다. 밖을 내다보니 택시는커녕 어떤 차량의 불빛도 보이지 않았다. 사실 경제적인 이유로 여행중 공항에서 밤새우기는 이번이 처음은 아니다. 아테네에서, 이스탄불에서, 스톡홀름에서 별 문제없이 앉아서 밤을 새웠던 터였다.

교통편도 없는데 어떻게 나가라고 할 수 있냐, 레이캬빅 남자들은 이렇게 몰인정하냐며 사정 반 타박 반 했더니 직업상 어쩔 수 없다며 그저 냉담한 표정만 지었다. 할 수 없이 청사 밖으로 밀려났다.

칠흑의 밤은 8월의 여름이었지만 쌀쌀했다. 겨울 잠바를 꺼내 입고 처마 밑에서 커다란 배낭을 깔고는 앉아 있는데, 급기야 비까지 부슬부슬 내리기 시작했다. 너무 추워서 몸은 점점 딱딱하게 굳어져 왔다.

북극이 가까운 섬나라의 밤하늘은 춥고 축축하고 음산했지만 특유의 아름다움으로 정신은 점점 또렷해졌다. '사람은 이런 한데서도 밤을 새워봐야 하는 거야.' 스스로에게 이렇게 중얼거렸다.

누구나 낯선 여행지에서의 당혹한 일은 한두 번 있기 마련이다. 이스라엘에서도, 요르단의 페트라에서도, 티베트 수미산에서도 비를 맞으며 노천에서 밤새우는 시간들을 많이 견디어 왔다.

그 후의 일정은 계획대로 잘 진행이 되었고, 이내 영화에서 보았던 기묘한 풍광들이 눈앞에 펼쳐졌다. 아이슬랜드는 인구 밀도가 낮아서 어딜 가든 사람 구경하기가 힘들었다. 지방의 소도시에 가면 규모가 작아서 집이 몇 채 되지 않아 셀 수 있을 정도였다. 여행자들은 주로 북유럽과 독일인들이 주류를 이루었다.

기괴한 암석이 아름다운 '빅'이라는 해안 마을에 사나흘 묵게 되었다. 보통 식사가 20불 정도나 돼서 호스텔에서 내내 취사를 했다. 하루는 독일 여학생과 둘만 있게 되었고, 점심을 먹으며 둘이 이런저런 얘기를 나누었다. 그녀가 내게 물었다.

"왜 그렇게 힘들게 여행을 다니세요?"

"응, 이 세상은 한 권의 커다란 책이야. 시작도 끝도 없는, …나는 그 책을 읽으러 다니는 거지. 어느 페이지에서 시작해도 좋은, 어느 때 읽어도 좋은."

그녀는 내 대답에 동그랗게 눈을 떴다.

밖에는 계속 비바람이 몰아치고 있다.

나는 늘 생각한다.

'여행은 끝없이 계속되어야 한다고. 늙거나 젊거나 마음은 세상을 향한 끝없는 호기심과 열정과 애정으로 가득 차 있어야 한다고. 그것이 우리의 삶을 풍성하게 가꾸어줄 것이라고. 힘들더라도 '세상'이라는 책을 과감하고 용기 있게 읽어 나가자, 섭렵해 나가자고.'

Lilla Hoparegränd

엽서 2
아이슬랜드의 바다가
창문을 흔들고

한밤중
잠들어 있는 창문을
북극의 사나운 바람이 흔든다
집들은 눈 속에 갇혀버렸다
차가운 침울함 속에서도
지붕은 낯설지 않게 빛난다
파도에 밀려오는 유빙遊氷
빙하의 얼음 한 조각이 비틀거리며
수백만 년 전의 기억으로 걸어 나와
먼 옛날의 생명체가 꿈으로 깨어난다
물결이 흔들리고
맑은 물속에 감돌고 있는 폭풍의 씨앗
물밑의 절벽이 힘 있게 솟아오른다
눈雪은 바람의 허리까지 쏟아져 내리고
오래 전의 꿈이 창문을 흔든다
수백만 년 전의 음성을 고스란히 건져 주는
아이슬랜드의 바다가 물무늬 져서
내 몸에 기억의 그림을 그린다.

아직도 인간관계에 서투른 자신을 직면하는 일은 괴롭다.

아직도 인간에 대한 기대를 저버리지 않고 지나치게 인간을 믿으려고 하는 자신을 어떻게 해야 할까?

인간의 순수성을 과대평가하고 있다고 해야 하나?

더더구나 직장에서의 인간관계는 더 조심해야 함에도 불구하고 턱 믿어버리는 우직함.

몇 번의 시행착오를 거쳤음에도 불구하고 개선되지 않는 이 어리석음.

나의 어리석음을 심하게 질타하자.

제발 정신 좀 차리라고.

마침내 사하라Sahara 에

영화 '도어즈The Doors'에서 록 가수 '짐 모리슨Jim Morrison'이 젊음이 주는 방황과 고통 속에서 자신이 살아 있다는 것을 느끼기 위해 사막으로 향한다. 지친 삶 속에서 누구든지 사막을 꿈꿀 법도 하다. 사막은 아무것도 없는 동시에 무언가로 가득차 있으니까.

나 역시 사막을 꿈꾸었고 세계에서 가장 넓은 사막인 사하라에 가기를 열망했다. 결국 몹시 추운 겨울 스페인의 남쪽 항구 도시 말라가Malaga에서 배를 타고 아프리카에 있는 스페인 령 세우타Ceuta에 도착했다. 두근거리는 마음으로 모로코 령으로 들어갔고, 완연한 아프리카의 분위기를 느낄 수 있었다.

세계 문화유산으로 지정된 가장 오래된 미로의 도시 페스Fez를 돌아보고 티네히르Tinerhir 옆, 척박한 돌무더기 산으로 이루어진 토트라Todra 계곡으로 갔다. 진흙 벽돌집들과 울창한 종려나무 숲이 끝나는 곳에 신비로운 계곡이 있다. 계곡 입구에 여행자를 위한 싼 숙소가 몰려 있었다.

그 나라의 젊은이들은 어떤 모습일까를 보려면 밤에 디스코텍을 가보면 대강 짐작할 수 있다. 가능하면 가는 도시마다 들러보려고 했다. '모로코에도 디스코텍이 있을까?' 호기심에 마음 좋은 주인에게 물어보았더니, 시내에 있다고 하였다.

스페인 여자를 두 번째 부인으로 두고 있는 현지인 내외, 호텔 주인과 함께 한밤중에 디스코텍을 갔다. 음악은 모로코 토속음악이 빠른 템포로 이어졌고, 여자들은 보이지 않았다. 모두 남자들이었는데, 전통의상을 입은 남자들이 넓은 옷자락을 펄럭이며 춤을 추었다. 음료는 아주 약한 맥주였다. 나도 질세라 그들의 스텝을 따라하며 흥겹게 시간을 보냈다. 색다른 모로코의 한 면을 볼 수 있었다.

사하라에 가기 위해 메르주가Merzouga로 갔다. 한 시간 가량 낙타를 타고 사막으로 들어가 베르베르 족의 텐트에서 밤을 보내게 되었다.

밤하늘의 별들은 손에 잡힐 듯했으며, 도도하게 흐르는 은하수에 몸이 풍덩 빠질 지경이었다. 그러나 사막의 밤은 엄청나게 추웠다. 겨울 침낭에 카펫을 다섯 장이나 깔고 덮었는데도 몸은 딱딱하게 굳어져 왔고, 야생동물의 찢어지는 듯한 울음소리에 밤새 잠을 이루지 못했다.

무서워서 같은 텐트 속에서 잠을 청했던 베르베르 족의 이브라힘이 날이 밝지도 않았는데 살며시 일어나 바람에 세수를 하고 몸단장을 하더니 메카를 향해 기도를 하기 시작했다. 경건한 그의 모습이 내 마음에 깊이 각인되었고, 결국 나는 한 편의 시를 얻게 되었다. 사하라의 모래 바람에 이 시를 보낸다.

마침내 사하라에 갔다 몸살 앓는 내 그리움의 끝이기도 한 끝을
알 수 없는 내 기다림의 땅이기도 한 메르주가에서 터번 속의
눈빛이 이글거리는 사내를 햇빛 속에 묻어버리고 리사니에서
낙타를 타고 사막으로 들어갔다.

먼저 떠난 사람의 재를 한 움큼 쥐고 하늘에 날려 보냈다
떠나는 자의 발길은 가볍고 남아 있는 자의 발길은 무겁기만 하였다
밤하늘은 기묘한 부드러움으로 가득차 있었고 별과 함께 우주의
숨소리를 들었다.

이브라힘의 푸른 시선에 바람이 일렁거리고
마디 굵은 손바닥의 조그만 창문으로 세월의 긴 강줄기가 흘렀다
유목민의 옷자락에서 추억마냥 먼지가 일었고
사막은 그리움이 떠나고 난 뒤의 빈 자리
내 몸 속을 빠르게 휘도는 바람에 비틀거리며 함정에 빠졌다
아직도 기다리며 사막의 품속을 헤엄치는 이 자리
이브라힘의 기도소리는 언덕을 넘어 계속 흘러갔다.

이브라힘이 차려 준 아침 식탁

사막 한가운데에 아침 식탁이 차려졌다
칠이 벗겨진 상 위에
커피 한 주전자와 토스트 몇 조각
이가 빠진 찻잔
모래 언덕 너머를 물들이는 붉은 기운
바람은 아직 잠든 듯
고요한 그늘 아래 먼 곳에 두고 온 마음이
아침 햇빛 속에 슬그머니 걸어왔다
모래는 제 마음대로 길을 만들고
수백만 년 쌓인 소리들이 울창한 숲을 이루었다
아침의 노래가 몸 속 깊이 흐르고 흘러
기억의 정원에 넘실거렸다
노래는 멈추지 않고 메마른 하천을 흐르고 흘러
간밤 내내 돌아다니던 살쾡이의 발자국도
덮어버렸다
사막이 아침의 자리에서 일어나자
바람이 잠을 깬 듯 서둘렀고
나는 울창한 모래 숲을 빠져나왔다.

바다 위의 의자

끝없이 피어 있는 들꽃

구름은 산의 이마를 가리고

산의 어깨 위로 흘러내리는 만년설

모두 꿈을 꾼다

삶이 지루하니까

바다 위에 의자를 놓고 앉아

풍경의 꿈을 읽어본다

물결은 지난날을 빗질한다

산은 내게 오히려

꿈이 무어냐고 묻는다

달리다가 절벽 아래 떨어져

바다 위를 떠돌고 있다고

피투성이 몸을 바다에서
끌어내고 있다고
삶은 지루하면서도
등 뒤에 칼을 숨기고 있다가
한순간에 우리의 어깨를 내려친다고

배가 떠나간다
무엇을 가득 싣고
갈매기가 뒤따른다
바다오리가 뒤따른다

의자가 출렁거린다.

엽서 7

아무것도 하지 않으면 아무것도 생기지 않는다.

- 윌리엄 셰익스피어-

세계에서
가장 긴 이름을 가진 마을

영국을 일주하고 있을 때다. 스코틀랜드를 돌아보고 스카이 섬Isle of Skye을 거쳐 웨일즈Wales 지역을 가기 위해 뱅거Bangor에 들렀다. 뱅거는 웨일즈 어 문화의 중심지이며, 주변의 이름난 성城들이 있는 콘위Conwy나 카나번Caernarfon으로 가기 위한 교통의 요지이기도 하다. 거리의 안내판이나 상점 이름 등이 영어와 웨일즈 어가 함께 표기되어 있다. 영국의 유스호스텔은 대부분 시설도 좋고 서비스도 좋다. 뱅거의 유스호스텔 역시 시내에서 800m 정도 떨어진 숲속에 있어서 한가하게 정원에 자리잡고 앉아 책을 읽을 수도 있고 산책을 할 수도 있다.

시내에서 조금 떨어진 곳에 있는 1840년에 건설된 펜린Penryn 성을 돌아보고 뱅거에서 버스로 30분 정도의 거리에 있는 세계에서 가장 긴 이름을 가진 마을을 찾아갔다. 마을 이름은 'Llanfairpwllgwyngyll-gogerychwyrndrobwll-Llantysiliogogogoch' – St. Mary's Church in a hollow by the white hazel close to the rapid whirlpool by the red cave of St. Tysilio성 타시리오의 붉은 동굴 쪽의 빠른 소용돌이에 가까이 있는 하얀 개암나무 쪽의 움푹 들어간 땅에 있는 성 마리아 교회라는 뜻이라고 한다.

마을은 길거리에 몇 개의 상점이 있을 뿐 아주 조용하고 작은 마을이다. 먼저 버스 정류장에서 뱅거로 돌아가는 버스 시간을 확인하고 천천히 마을을 돌아보았다. 토요일이어서 기념품이나 엽서를 살 수 있는 상점들은 문이 닫혀 있었다. 마을의 이름이 들어간 엽서를 사야 할 텐데 우체국도 닫혀 있고 물어볼 사람도 보이지 않고, 난감했다.

마침 점잖아 보이는 중년 남자의 승용차가 지나가기에 차를 세우고 마을의 이름이 들어간 엽서를 사고 싶다고 도움을 청했더니 흔쾌히 살 수 있는 곳까지 데려다 주었다.

그 곳은 마을 중심부를 지나고 얼마 가지 않아서 창문이 예쁜 상점이었다. 그 상점에서 원하는 엽서를 샀다. 엽서를 들고 천천히 마을을 산책하다가 만나는 사람에게 엽서를 보여 주며 마을 이름을 읽어달라고 했다. 그들은 모두 웃으며 친절하게 읽어 주었다. 그러나 너무 어려워서 발음을 따라할 수는 없었다.

돌아갈 시간에 맞춰 정류장에서 버스를 기다렸다. 버스는 제시간에 왔으나 좌석이 없어 태울 수 없다면서 그냥 가버렸다. 그게 마지막 버스였다. 정류장에서 함께 버스를 기다리던 한 남자는 어디론가 가버리고 젊은 여자와 나만 남아 있었다. 이 마을에서 숙박할 준비가 전혀 되어 있지 않았던 나로서는 난감하지 않을 수 없었다. 여름이지만 이미 밤은 깊었고 할 수 없이 나는 히치하이크를 하려고 지나가는 차들에게 엄지손가락을 치켜들었다. 정거장에서 같이 버스를 기다리고 있던 젊은 여자가 그런 나를 보더니 큰 소리로 불렀다. 당황한 얼굴로 그녀를 돌아보니 그녀는 내게 야단치듯 말했다.

"히치하이크가 얼마나 위험한 줄 모르세요? 그것도 이 밤중에, 그렇게 함부로 남의 차를 탈 수 있어요?"

나는 아까도 모르는 남자의 차를 탔다는 말은 차마 할 수가 없었다. 단지 뱅거에 숙소를 잡아놓았기 때문에 어찌됐든 뱅거에 꼭 가야 한다는 말밖에 할 수 없었다.

그녀는 자기도 뱅거에 가야 하니 같이 택시를 타자고 했다. 택시는 전화로 부르게 되어 있어 잠시 그녀의 집으로 갔다. 근처의 조그마한 주택이었다. 그녀는 내게 거실 의자에 앉아 기다리라면서 전화로 택시를 불렀다. 한 5분 정도 기다리니 택시가 집 앞으로 왔다. 그녀 덕택에 뱅거 숙소에 별일 없이 돌아올 수 있었다.

이런 일이 있을 때면 나 자신을 돌아보지 않을 수 없다.

나는 과연 타인에게 얼마나 친절을 베풀었나?
난처한 상황에 빠진 낯선 사람에게 관심을 가진 적이 있었는가?

가끔 영국 영화를 보고 있노라면 문득 그때 일이 생각나곤 한다.

런던, 페딩턴 역, 아침 8시

바람에 실려왔다
어디서 불어오는 바람인지

길모퉁이에서 돌아가는
옷자락이 멈칫거린다

바람의 얼굴을 보았고
지난날의 손도 마주잡았다

구름이 지붕 위를 덮고 있다
분주히 오가는 얼굴 속에서
내일을 생각한다

더 이상 내일을 생각하지 않는
행복한 이들은 어디에 있는가

기차는 떠나고
머지않아 꿈조차 사라질 것이다.

우리가

우리가 한 곳에만
머물러 있다면
무엇을 보게 될까
우리가 그 자리에서
움직이지 않는다면
바람이 부는 것을
느끼지 못한다면

길이 없어진다
옷깃을 적시는 가랑비가
그 흔적을 먼바다로 싣고 간다
다시 비가 되어 내릴 때
바다의 냄새를 불러일으킨다

순간 바다를 응시하는 마음, 마음들

엽서 11
스카보로 Scarborough 의 추억

1900년이 넘는 긴 역사를 가진 고도 요크York. 1세기에 로마 인에 의해 창건된 도시로, 런던에서 기차로 2시간 정도의 거리에 있다. 도시를 둘러싸고 있는 성벽과 잘 보존된 좁은 골목길은 지금도 로마나 중세의 분위기를 느끼게 한다. 도시의 나침반 역할을 하는 영국 최대의 고딕 건축물 민스터 사원의 모습은 장관이다. 여름 햇볕에 빛나는 스테인드 글라스, 정오가 되자 깊고 아름답게 울려 퍼지는 종소리는 요크의 고색창연한 분위기에 취하게 한다.

요크에서 다시 기차로 한 시간이면 스카보로에 갈 수 있다. 더스틴 호프만Dustin Hoffman 주연의 영화 〈졸업The Graduate〉의 삽입곡이었던 '사이몬 앤 가펑클Simon & Garfunkel'의 〈스카보로의 추억Scarborough Fair〉이 생각나는 바닷가의 아름다운 도시, 바로 그 곳. 〈스카보로의 추억〉을 흥얼거리며 기차에서 내렸다. 역에서 나와 지도를 보니 걸어서 돌아다니기 충분할 정도의 한적하고 조그만 마을이다. 중심부에 미술관·자연사 박물관이 있고, 적당히 더운 여름날이어서인지 거리는 붐비지 않았다.

예쁘게 꾸며진 상점에 들러 스카프 한 장을 기념품으로 샀다. 주택으로 이어진 한산한 곳으로 접어들자 성 메리 교회가 보였다. 「폭풍의 언덕」으로 유명한 작가 '에밀리 브론테Emily Bronte'의 동생인 '앤 브론테Anne Bronte'가 묻혀 있다는 성 메리 교회. 앤의 무덤은 교회 건너편 묘지의 왼쪽에 화단으로 잘 정돈되어 있었다. 앤 역시 소설가이자 시인으로서 소설 「애그니스 그레이Agnes Grey, 1847」와 「와일드펠 홀의 소작인The Tenant of Wildfell Hall, 1848」을 썼으나 「제인 에어Jane Eyre, 1847」를 쓴 언니 '샬롯 브론테Charlotte Bronte', '에밀리 브론테' 의 소설만큼 주목을 받지는 못했다. 교회는 12세기에 세워졌는데, 1849년 29세에 죽은 앤의 기록 문서와 설명서가 보존되어 있다.

바다가 내려다보이는 한적한 언덕바지에 숙소를 잡아놓고 저녁도 해결할 겸, 마을에서 성으로 이어진 길을 따라 산책을 했다. 언덕을 좀 힘들게 올라가니 제법 큰 성터가 있었다. 성은 12세기 무렵 세워졌으며, 세계 제1차대전 때 독일 함대의 공격으로 부서지고 지금은 성벽과 망루만 남아 있다. 바다와 도시가 한눈에 들어왔다.

해안을 따라 늘어선 하얀 건물들이 인상적이다. 풍광은 더없이 좋았지만 사나운 바닷바람이 거칠게 머리를 날렸고, 언제 폭우를 몰고 올지 알 수 없었다. 성벽에 부딪치는 바람소리는 누군가의 울음소리로 들렸다. 혹시 앤은 아니었을까?

산책길을 내려와 해안을 돌아보니 곳곳에 바다를 향한 긴 의자들이 놓여 있었다. 언덕을 따라 이어져 있는 카지노, 레스토랑, 상점 들은 깨끗한 휴양지로 여겨졌다. 어둠이 내려 환하게 불을 밝힌 캐슬게이트 거리의 항구는 정말 아름다웠다. 숙소로 돌아와 창문을 열자 밤바다에 아른거리는 불빛들이 곤고한 여행의 시 한 편을 쓰게 했다.

그래서 스카보로에 갔다
끝없는 들판을 지나
마주친 꿈꾸는 듯한 해변
한가하게 흔들리는 요트들
그리고 부서진 성과 앤 브론테가
조용히 맞아 주었고
만발한 들꽃과 차가운 바람 사이에
갈매기들이 돌아다니고 있었다
파란 해변에
온통 하얀 집들
갈매기들은 낯선 자들에게
알 수 없는 소리를 질렀다
졸음에 잠긴 해안에서
잠시 바다를 꿈꾸었다.

엽서 12
첼튼엄의 아침

플라타너스의 짙은 그늘 아래
임페리얼 정원의 장밋빛 얼굴

낮게 드리워진 하늘
파헤쳐진 들판 너머
문득 졸음에서 깨어나
늪과 자동차 바퀴 자국 너머
묘지의 마른 잔디
너머 너머
세상 끝으로
한 걸음 한 걸음 달려간 곳
아침 커피 아래 흐르는
카페 주인의 미소

짐짓 절망에 차 있던 몸짓
겨우 가슴에 일렁이는 물결
들꽃 가득한 정원 의자에 기대어
지난날의 눈꽃 향기를 기억한다
부드러운 대기 속에서
오랫동안 묶여 있던 정신은
사슬을 풀고
기지개를 켠다

이 아침 첼튼엄의 향기로 더욱 강하게
나를 일깨운다.

하워스Howorth의 아침 식사

눈부신 햇살 아래
누워 있는
알지 못하는
그러나 행복해 보이는
어떤 사람들

– 히스 황야로 가자 –

햇살은 즐거이 아침을 노래한다

황야는 죽음 같다
방황하는 영혼이 언덕 모퉁이에
앉아 있는 듯

환한 대낮에도
어디선가 달빛이 비치는 곳

* 에밀리 브론테의 「폭풍의 언덕Wuthering Heights」 배경이 된 지역

파타고니아 Patagonia 에 부는 바람

파타고니아 지역-남위 40도 이남 지역으로, 12월에서 3월까지의 짧은 여름 동안만 여행이 가능한 곳, 면적은 한국의 11배쯤 된다. 겨울에는 강추위와 바람과 눈으로 인해 여행이 불가능한 지역이 대부분이다.

2007년 1월에 뉴욕을 거쳐 칠레의 산티아고 Santiago 에서 다시 국내선으로 푼타아레나스 Punta Arenas 에 도착했다. 정말 긴 여행길이었다. 바람이 얼마나 세던지 비행기가 바람에 휘말려 여러 차례 공중을 선회하다 겨우 착륙했다. 마음을 졸이던 승객들은 안전한 랜딩 기내 방송에 모두들 크게 박수를 쳤다. 어디서 불어오는지 모르는 그 거센 바람. 그 바람 속에서 나는 어떤 희망을 볼 수 있을까?

왕가위 감독의 영화 〈해피 투게더Happy Together〉를 보면 두 주인공이 부에노스 아이레스에서 이과수 폭포Iguazu Falls를 가고자 한다. 식당에서 일을 하다 만난 또 한 친구는 세상의 끝인 우슈아이아Ushuaia에 가고 싶어한다. 두 주인공은 고속도로를 따라 이과수를 향해 가던 중 서로 다투고 헤어지게 된다. 한 친구는 결국 우슈아이아에 가서 그의 뜻대로 등대에 오른다. 이 세상의 끝 – 결국 왕가위는 세상의 끝에 대해 이야기하고 있었다. 그 곳에서 이 세상의 모든 슬픔과 고독과 절망에 대해 이야기하고 있었다. 모든 것은 그 밑바닥에 닿아야 그 다음이 보이는 법이니까. 슬픔과 절망도 바닥까지 내려쳐야 일어설 수 있는 희망이 보이는 법이니까. 그 영화의 풍경은 내게 그렇게 다가왔다.

특별하게 볼거리는 없으나 푼타아레나스는 주변 지역을 가기 위한 교통의 요충지가 되는 지역이다. 푸에르토 나탈레스Puerto natales는 파이네Paine 국립공원을 가기 위한 거점으로, 푼타아레나스에서 버스로 3시간 거리다. 차창 밖으로 보이는 풍경은 1년 내내 부는 강한 바람으로 나무는 허리를 바로 세우지 못하고 한쪽으로 쏠려 누워 있다. 풀꽃들은 땅을 기어다니는 듯이 피어 있다. 파타고니아 지역의 국립공원은 칠레와 아르헨티나를 합쳐 약 30여 곳으로, 진귀한 동식물과 접근을 허락하지 않는 산과 빙하와 만년설로 이루어져 있다.

푸에르토 나탈레스 시내는 관광객이 제법 분주하게 스쳐가곤 했으나 온통 윙윙거리는 바람으로 거리는 매우 을씨년스러웠다. 일어서지 못하는 풀꽃들, 허리를 펴지 못하는 나무들, 정말 세상의 끝에 온 듯 나도 눈을 제대로 뜰 수 없었고, 걸음도 제대로 걸을 수 없었다. 밤에는 몹시 추웠다.

　　파이네 국립공원은 다양한 트레킹 코스와 산장과 캠핑 시설이 잘 되어 있었다. 트레킹 코스에는 초원 지대와 깊은 숲, 툰드라 지대 등 다양한 모습을 보여 주었고 구아나코Guanaco가 야생으로 떼를 이루고 있는 모습이 인상적이었다. 눈에 덮인 빙하로 깎인 화강암 바위산들이 2800여 m로 첨탑 모양의 봉우리가 늘어서 있고, 골짜기를 벗어날 때마다 마주치는 파란 빙하 호수는 보석처럼 빛나 보였다. 어찌나 물이 맑은지 손을 씻기도 미안할 지경이었다.

　　국경을 넘어 아르헨티나 지역의 칼라파테calafate로 갔다. 페리토모레노 빙하Graciares Perito Moreno를 보기 위한 거점이 되는 작은 도시이다. 중심지인 리베르타도 거리에는 많은 관광객들이 상점과 레스토랑에 몰려 쇼핑을 즐기고 있었다. 땅이 넓은 지역이라 시내를 조금만 벗어나도 황량한 벌판이 끝없이 펼쳐지고 관광지답지 않게 온갖 쓰레기와 휴지조각이 바람을 타고 이리저리 날린다.

　　칼라파테에서 모레노 빙하는 버스로 2시간, 호수에서 크루즈로 빙하를 올려다볼 수 있다. 빙하의 총길이는 35Km, 높이는 약 60m, 폭은 5Km 정도로 그 웅장함을 군데군데 설치된 전망대에서 전체적으로 감상할 수 있었다.

　　태고의 그 신비스러움에 입을 다물 수 없었지만 엘찰텐El Chalten으로 가는 길도 장관이었다. 근처에 안데스 산들이 우뚝 솟아 있고, 팜파스 지역에는 야생동물이 뛰어다니고 있었다. 기사가 버스를 멈추고 창밖으로 야생 여우 무리를 보라고 했다. 멀리서 보기에는 작은 개처럼 보였는데, 몸집이 작고 날렵한 느낌이었다.

　　엘찰텐은 이 지역의 유일한 작은 마을인데, 고속도로가 뻗어 있는 양

옆으로 펼쳐진 광활한 팜파스 지대에서 바위봉우리들이 홀연히 나타났다. 마을은 호텔 몇 개와 레스토랑이 조금 있을 뿐 정말 황량하기만 하다. 우뚝 솟은 피츠로이 산은 3400여 m로, 여러 가지 트레킹 코스가 있어서 여름 들꽃이 만발한 산길을 즐겁게 오르내릴 수 있었다.

이번 여행에서는 다양한 자연의 모습에 많은 감탄을 했지만, 그래도 가장 기억에 남는 것은 역시 어디서 불어오는지 모르는, 나무들이 쓰러지고 제대로 걸을 수조차 없게 만드는 바람, 그 '바람' 이었다.

파타고니아의 바람

어둠으로 들어가는 문이다
고통이 반갑게 맞아준다
양 팔을 활짝 벌리고
낯선 거리에서 소리 없이 외치는 목소리들
아무도 둘러보지 않는다
빈 들판들
텅 비어 있는 호수
어디에도 알맞은 여행의 방식은 없다
다만 바람 속으로 돌진하는 것 외에는
허공으로 휩쓸려 들어가는 것 외에는.

엽서 16

파타고니아의 언덕

물빛 하늘 아래 한 떼의 말들이 달렸다
갈기에 자랑스런 기색이 넘쳤다
말들이 일으키는 소용돌이에서 넘쳐나는 힘
온 세상의 일을 수행하고
험한 산허리에 들꽃으로 앉은 마을을 끌고 있었다
하얀 이마를 내밀고 있는 산
한 차례 큰 숨소리에 만년설이 언덕을 굴렀다
갑작스런 천둥소리 천지를 흔들었다

어둠으로 이어져 있는 길 위에 갇혀 있는 시간
완고한 힘을 어찌할 수 없고
정적이 흐르는 길에 평원도 함께 흘렀다
독수리가 사나운 얼굴로 허공을 맴돌아
그에게 길을 물었다
세찬 바람에도 새는 고요히 날개를 저었다
끝없이 펼쳐진 풀밭에 몸을 눕혔다
햇살은 언덕에 몸을 눕혔다
내 영혼은 다시 풍경에 몸을 눕혔다.

엽서 17
파히네 산장에서 밤을 지새고

폭풍이 산을 뒤흔든다
지구의 끝에라도 가려는 듯
불편한 잠에서 나와
흔들리며 폭풍의 얼굴을 살핀다
나무는 어둠 속에서 눈을 크게 뜨고
울부짖기라도 하려는 듯
마주보고 말 없는 말을 쏟아내고
폭우에 몸을 떨고 있다
폭풍은 손톱과 날개를 가지고 있다
손톱이 무리를 이루어
나무를 꽉 움켜잡는다
나무의 머리는 부풀어 오르고
돛을 단 듯 몸이 휘어진다
어둠 속에 날개가 휘젓고 있다
지붕 위로 세찬 바람이 지나간다
집은 두려운 듯 몸을 떨고 있다
몸도 하찮은 듯 텅 비워진다.

러시아 할머니

쿠트나 호라의 거리에서
작은 키에 양손에 가방을 들고
성당 앞에서 길을 잃고 우왕좌왕
아무도 관심을 가져 주지 않는
모스크바에서 혼자 여행을 오신 할머니
내게도 기차표를 내보이시며 기차역을 물었다
하늘은 파란 물감으로 쏟아져 내리고
새들은 물감 속을 어지러이 날아다녔다
우리는 버스를 타고 조그만 기차역으로 와서
같이 기차를 기다렸다
할머니는 가방에서 사과를 꺼내 주고
나는 자판기의 커피를 뽑아드리며
알 수 없는 슬픔을 함께 마셨다
시간은 길다란 행렬로 와서
수선스러운 바람이 되어 사라졌다
할머니의 맑은 눈빛이 손을 흔들고
기차가 떠난 후
낡은 의자에 주저앉아 한참을 울었다
멀지 않은 날의 나의 모습이고
어머니의 모습이고 할머니의 모습이었다
철길의 거칠게 자란 풀들이 가볍게 흔들렸다
바람이 불어오는 곳
팔월의 발걸음은 가벼웠지만
끝이 보이지 않는 길을 달려가며
시간의 잔인함을 쓸쓸히 내보였다.

МУЗЕЙ ДОСТОЕВСКОГО
МЕМОРИАЛЬНУЮ КВАРТИРУ
ЛИТЕРАТУРНУЮ ЭКСПОЗИЦИЮ
ВЫСТАВКИ
СПЕКТАКЛИ
КОНЦЕРТЫ
www.md.spb.ru
(812) 571-4031
EPSON

엽서 19

스톡홀름 Stockholm 에서
로비 윌리엄스 공연이 있던 날

덴마크 일정을 계획보다 하루 먼저 끝내고 코펜하겐Copenhagen에서 기차로 스톡홀름에 도착했다. 스톡홀름은 크고 작은 14개의 섬으로 이루어진 아름다운 항구 도시다. 섬과 섬은 연육교가 놓여 있어 버스로 이동이 가능하고 배로도 갈 수 있다. 세르겔 광장Sergels Torg에서 회토리에트Hotorget 광장까지는 스톡홀름의 가장 번화한 중심 지역으로, 아름다운 분수와 현대적인 빌딩 숲이 눈길을 끈다.

내가 묵을 곳은 다음 날부터 예약이 되어 있어서 하룻밤은 다른 숙소를 잡아야 했다. 무거운 배낭을 짊어지고 돌아다녔지만 마땅한 호스텔은 모두 예약이 된 상태였다. 마침 한창 인기를 끌고 있는 영국의 가수 '로비 윌리엄스'의 공연이 있어서 유럽의 젊은이들이 밀물처럼 몰려든 탓에 호텔조차 만원이었다. 여름 동안, 아무리 북유럽에 관광객이 많다고 하지만 이렇게까지일 줄은 미처 몰랐다.

낮은 길었으나 서서히 어둠이 내리고 이국異國의 밤거리는 사실 마음이 편치 않았다. 도대체 이게 무슨 고생인가, 진땀을 흘리며 찾아다니던 중 밤 열두 시가 다 되어서야 겨우 도로 끝 지점에 있는 한 호텔의 구석진 방 하나를 얻게 되었다. 비용은 예상보다 비쌌고 "깎아주세요."라는 말보다 "제일 싼 방으로 주세요."라는 말이 먼저 튀어나왔다. 배낭을 내려놓고 마름모꼴 모양을 한 방의 창가에 앉아 환한 밤풍경을 내다보았다. 스톡홀름의 여름밤은 로비 윌리엄스의 공연으로 오늘 하루 나를 힘들게 했다.

다음 날, 스톡홀름의 시내 이곳저곳을 돌아보던 중 제일 번화한 세르겔 광장의 야외 시장은 야채와 과일, 생선가게가 즐비하고 특히 꽃가게의 원색 튤립들이 발길을 멈추게 했다.

북유럽 특유의 맑은 하늘에 마음을 빼앗긴 채 셰프트홀렌 섬에 있는 많은 미술관과 박물관 중에서 가장 관심을 끌었던 것은 건축박물관이다. 땅이 넓고 인구 밀도가 낮은 지역이라 정원이 잘 꾸며진 저택의 부속 건물을 주제로 한 공모전에 당선된 작품들을 전시하고 있었다. 국왕이 거주하는 왕궁의 일부도 개방하여 관광객들의 발길이 끊이지 않았다. 바다를 향하고 있는 왕궁의 박물관에는 역대 국왕의 왕관과 보검 보물들이 전시되어 있고, 왕립공원에서는 야외 콘서트가 열려 벤치에서 편안하게 간단한 빵으로 요기를 해결하며 쾌청한 여름날을 만끽할 수 있었다. 쉴 새 없이 드나드는 항구의 크고 작은 배들, 일광욕을 즐기는 사람들, 중세풍 갤러리의 개성 있는 작품들, 옛 시가지에 밀집해 있는 세공품점의 앙증맞은 골동품들, 부티크의 특색 있는 옷들이 어젯밤 로비 윌리엄스의 공연으로 감수해야 했던 손해를 보상했다고나 할까?

셰프트홀렌 섬의 서쪽 항구에 정박해 있는 황홀한 배 한 척— 채프먼 호로 갔다. 이번 여름 여행을 위해서 3개월 전에 예약해 놓은 유스호스텔이 바로 바다에 정박해 있는 배이기 때문이다. 채프먼 호는 1887년에 건조된 해군 연습용 범선이었는데, 현재 유스호스텔로 개조되어 적어도 수개월 전에 미리 예약을 하지 않으면 안 될 정도로 세계의 젊은이들에게 많은 사랑을 받고 있는 유스호스텔이다.

배 안은 오밀조밀하게 갖가지 시설들이 있고, 한 방마다 이층 침대가 두 개—4인용으로, 남녀를 가리지 않는다. 나라마다 제도가 달라서 다양하긴 하나 남녀 혼숙은 당황스럽지는 않지만 불편한 점이 많은 것은 사실이다. 배정받은 방은 일본 여자와 영국 남자가 한 쪽 침대를 쓰고, 반대쪽

일층은 내 침대였고, 이층은 호주 남자가 예약되어 있었다. 내가 인사를 하자 영국 남자는 일본 여자를 가리키며 걸프랜드라고 하면서 우리에게도 커플이냐며 물었다. 나는 황급히 아니라고 하였지만 사실 호주 남자가 더 놀랐을지도 모른다. 남녀 혼숙인 경우에 밤중에 다른 사람의 수면을 방해하는 커플들을 본 끔찍한 경험이 있는 나는 좀 걱정은 됐지만 수면을 방해하는 일은 없었다. 이후 우리는 거리를 오가며 자주 마주치게 되었는데, 그때마다 반갑게 인사를 하곤 했다.

북유럽 물가는 상당히 비싼 편이어서 숙소에 있는 주방에서 음식을 직접 해먹었다. 때가 되면 주방에서 각 나라의 젊은이들이 제각기 요리를 하느라 분주했다. 젊은이들은 대체로 경제적으로 여행을 하니까 모두 직접 요리를 하는 것이다. 여러 나라의 다양한 요리를 구경하는 것도 재미있는 일이다.

스톡홀름에서 며칠을 보내고 동계올림픽이 열렸던 나르빅Narvik으로 가려는데 기차표가 매진되어 동물칸을 타게 되었다. 북유럽은 독신자들이 많아 애완동물과 함께하는 여행을 위해 기차에 동물칸이 따로 마련되어 있다. 인간도 어차피 동물이다. 동물과 함께하는 묵언의 여행도 한 번 해 봄직 하리라. 기차에 올라 내 옆자리를 보니 황소만한 개가 의자에 엎드려 있었다. 나르빅까지는 기차로 24시간의 장정長征. 그 개는 정말 얌전했다. 다른 동물들도 모두 조용했다. 신기한 일이다.

창 밖으로는 침엽수림이 끝없이 펼쳐졌고, 간간히 보이는 거대한 호수, 밤늦도록 눈이 시린 백야, …아름답고 환상적인 북구의 여름밤이었다.

저녁식사

이제 저녁이다
마른빵을 먹는다
차가 달려가는 소리만
가끔 들려온다
슬픔이 창문을 깨고
성큼 들어서고 있다
지루한 삶의 밧줄을
싹둑 잘라 던져버린다.

베들레헴, 예수 탄생 교회

　　이스라엘과 팔레스타인 간의 전쟁 소식을 신문에서 읽을 때마다 예수 탄생 교회의 안부가 궁금해진다. 더욱이 몇 년 전에는 팔레스타인 군인들이 이 곳으로 숨어들었다 하여 총격전이 벌어지기도 했다. 아기 예수의 탄생을 기려 후세 사람들이 예수가 탄생한 곳으로 믿어지는 베들레헴의 외양간에 세운 아름다운 교회 The Church Of The Nativity In Bethlehem에 아무 일이 없기를 빌고 또 빈다.

　　몹시 추운 1월, 베들레헴에 가기 위해 예루살렘의 다마스커스 게이트 건너편에 있는 버스정류장에 갔다. 베들레헴은 봉쇄되어 있어서 정기적인 차편이 없었다. 비는 추적추적 내리고 버스 겸 택시인 승합차를 발견하고 운전수와 가격을 흥정했다. 다른 승객은 없이 베들레헴으로 가는 손님은 나 혼자였다.

　　예루살렘에서 8Km 거리인데, 베들레헴과 헤브론 방면으로 가는 길목에서 차가 멈추었다. 이스라엘 군인들이 길을 막아 더 이상은 갈 수 없다는 얘기였다. 베들레헴 쪽으로 걸음을 옮기니 눈앞에 척박하기 그지없는 언덕이 펼쳐져 있었다. 언덕을 조금 돌아가니 체크포인트에서 이스라엘 병사가 검문을 하고 있었다. 모두 네 명으로 자동 소총을 메고 방탄 조끼를 입었는데, 상당히 긴장된 모습이었다. 드디어 늘 뉴스의 초점이 되는 팔레스타인의 서안 지역에 들어오게 된 것이다.

　　검문소를 통과하자 택시가 줄을 이었는데, 예수 탄생 교회를 외쳤더니 부르는 가격이 너무 비싼 듯했다. 하는 수 없이 터벅터벅 걸어가다가 지나가는 자동차를 손짓으로 불러 좀 태워달라고 부탁했다. 차를 몰던 젊은 청년은 교회 근처에 내려주겠다며 순순히 태워주었다. 거리의 풍경은 폭격으로 처참했다. 상점들은 모두 문을 닫았고 깨어진 창문, 부서진 건물, …사람들도 살고 있지 않은 듯 죽은 도시를 방불케 했다.

교회 입구 구유의 광장Manger's Square에 도착하니 광장 여기저기에 남자들이 모여 있었다. 모두들 긴장되고 웃음기 없는 굳은 얼굴들이다. 비는 계속 부슬부슬 내려 굉장히 음울한 느낌이 들었다. 예수 탄생 교회는 언덕 위에 위치하고 있어 아래쪽으로 도시가 내려다보였다. 베들레헴은 완만한 언덕 위에 세워진 도시였는데, 언덕에 형성되어 있는 아랍식 마을은 전형적인 팔레스타인 풍경이었다.

이 지방의 고대 동굴들은 양이나 염소 등 가축을 기르는 곳이었는데, 그런 동굴 외양간에서 아기 예수가 탄생한 것이다. 그 동굴 위에 세워진 예수 탄생 교회는 성지에 있는 교회 건물 가운데 가장 오래된 것 중 하나다. 서기 135년, 베들레헴의 동굴 위에 로마의 아도니스 신을 위한 신전이 세워졌다. 로마 제국 하드리아누스 황제의 기독교 말살 계획에 의한 것이다.

그러나 이로부터 약 200년 후, 세월은 바뀌어 박해받던 기독교도는 종교의 자유를 얻게 되었다. 콘스탄티누스 황제가 기독교를 공인한 것이다. 기독교가 공인되자 기독교 신자였던 황제의 어머니 성 헬레나는 성지순례를 떠나 베들레헴 동굴 위에 세워졌던 아도니스 신전을 헐고 339년에 예수 탄생 교회를 세웠다. 다시 200년이 지난 뒤 팔레스타인 땅에서 민란이 일어나 그때 교회가 파괴되고 말았다. 난이 진정된 후에 비잔틴 제국의 유스티아누스 황제는 그 자리에 가장 아름다운 교회를 다시 지을 것을 명령하였다. 서기 500년대 중엽, 예수 탄생 교회는 재건되었고, 그 후 현재까지 1400년이 넘도록 훼손되지 않고 원형 그대로 보존되어 있다.

교회 앞에 다다르니 사진에서 익히 보아 온 좁고 작은 문이 나타났다. 높이는 120cm 폭은 80cm도 채 되지 않는, 한 사람이 겨우 몸을 굽히고 지나가는 좁은 문이다. 십자군 시대에 만들어진 입구로, 누구든지 이 교회로 들어가려면 머리를 숙여야 한다. 원래 건축 당시에는 높은 문이었으나 말을 타고 교회로 들어가는 것을 막기 위해서 높이를 낮추었다고 한다. 황제나 장군뿐 아니라 그 누구도 예수님을 만나고자 하는 사람은 자기를 낮추고 겸손히 머리를 숙여야 한다는 '겸손의 문'이다. 예수 그리스도를 따르는 길이 좁은 문으로 시작된다는 것을 상징적으로 보여 주는 문이다.

좁고 낮은 문을 통해 교회 안으로 들어서면 열한 개의 돌기둥이 양편에 둘씩, 모두 네 줄로 늘어선 바실리카 형태의 그리스정교의 교회당 모습을 하고 있다. 바닥의 일부는 부서져 있는데, 마룻바닥에 로마 시대의 모자이크가 보인다. 교회 내부에는 지하층으로 내려가는 대리석 돌계단이 있다. 희랍 정교회 신부가 건네주는 촛불을 받아들고 조심스럽게 돌계단을 내려가자 대리석으로 바닥이 깔려 있는 작은 동굴이 나타났다. 폭 3.5m, 길이가 13m 정도 되는 이 곳이 아기 예수가 탄생한 예수 탄생 동굴이다. 전 세계에서 온 성지 순례자들은 이 성탄의 현장에서 어깨를 맞댄 채 각기 자기들의 언어로 감격의 찬송과 기도를 드린다. 나도 아기 예수가 태어난 그 곳에 이마를 대고 잠시 기도를 했다.

동굴 바닥에는 은으로 만든 별 모양의 장식이 아기 예수 탄생의 지점을 알려 준다. 1717년, 가톨릭 교회에서 만든 베들레헴의 별이다. 별의 둘레에는 라틴 어로 이 곳에서 동정녀 마리아에게서 예수 그리스도가 탄생하였다는 문구가 새겨져 있다. 그러나 베들레헴의 별은 전쟁의 불씨가 되기도 했다.

　1847년, 러시아 정교회 측은 가톨릭 교회가 만든 베들레헴의 별을 일방적으로 제거했다. 오스만 터키는 원상복구을 요구했고, 결국 이 문제로 분쟁이 일어나 크리미아 전쟁으로 확대되었다. 이 전쟁은 성지에서 영향력을 확장하려는 강대국들의 이해다툼이었으나 평화의 주가 태어난 지점을 알려 주는 표지가 전쟁의 불길을 댕겼다는 것은 아이러니가 아닐 수 없다.

　좁은 동굴의 다른 한쪽에는 아르메니아 정교의 제단이 있다. 한 젊은 남자가 열심히 기도를 하고 있었다. 울고 있는 듯 애절하게 기도하고 있었다. 무슨 문제가 있는 것일까. 그 젊은이의 애절함이 내게도 전해져 오는 듯 울컥 치솟는 감정으로 발걸음을 뗄 수 없었다.

　교회 밖으로 나오니 아직도 비는 부슬부슬 내리고 있었다. 아직도 평화와는 거리가 먼 이 세상의 슬픔에 뿌리는 예수님의 눈물인가.

밤새도록 너에게 달려간다

밤새도록 너에게 달려간다
너는 너무 멀리 있다
너의 창을 바라본다
열리지 않는 문
오늘 밤하늘은 더욱 어둡다
그림자조차 보이지 않는다
멀리서 개 짖는 소리
짐승의 눈빛처럼 외등만 타고 있다

밤새도록 너의 잠을 달려간다
창문 가에 램프가 타고 있다
낮에 머문 구름이 아직도 서성거린다
창문에 물방울이 맺혀 있다
너의 눈물인가 별빛인가
잠 속은 텅 비어 있다
너의 시선을 찾아 온밤을 헤맨다
침대도 비어 있다
누가 램프를 끌 것인가.

엽서 23

세상에서 가장 작고 아름다운
성 요한 카네오 교회

한때 텔레비전과 신문마다 발칸 반도가 자주 보도되었다. 슬로베니아 내전·크로아티아 내전·보스니아 내전, 끝도 없는 분쟁이 이어졌던 이 지역에 코스보가 독립을 선언하자 세르비아의 수도 베오그라드Beograd의 시민들은 코스보의 독립을 반대하는 시위로 또다시 전쟁을 불사했다. 아드리아 해를 끼고 북에서 남으로 ― 자로 뻗은 발칸 반도는 전통적으로 역사·종교·사회적 단일성을 갖추지 못한 다민족 간의 투쟁으로 현재에도 정치적 분쟁이 가장 민감한 지역이라 할 수 있다.

제51회 베니스 영화제에서 그랑프리를 받았던 영화 〈비포 더 레인 Before The Rain〉의 무대가 되었던 곳으로, 그 영화를 세 번 보고 꼭 가 보리라 마음먹고 찾아간 곳이 바로 마케도니아의 오흐리드Ohrid다. 지리적으로 그리스와 발칸 제국을 잇는 교역로에 걸쳐 있는 마케도니아 공화국, 그리스 북부와 북동부·불가리아 남서부를 차지하는 발칸 반도의 중남부 지역을 차지하고 있다.

쏟아져 내리는 비와 총과 피가 민족 간의 갈등으로 인한 비극이 아직 끝나지 않았음을 보여 주었던 그 영화를 보고 찾아간 오흐리드. 마케도니아의 수도 스코피에Skofje에서 우리나라 시골에서도 보기 힘든 낡은 버스로 세 시간이 넘게 달려간 오흐리드는 생각보다 상당히 큰 도시였다. 마치 대관령 같은 산야는 눈이 잔뜩 쌓여 전쟁의 흔적은 보이지 않았지만 그리스풍의 검정 머플러를 쓰고 있는 소박한 할머니들을 보면서 오랜 전쟁을 겪고 살아 있는 것이 축복이며 기적이라고 생각했다.

알바니아와 국경을 이루는 조용하고 평화로운 오흐리드 호수는 마치 바다 같았다. 스위스 제네바의 레만 호수처럼 분수가 솟구치고 있었다. 물은 너무 맑고 거울 속처럼 투명했다. 여름에만 운행한다는 배는 호수에 매어져 있었고, 겨울이어서일까 사람들은 보이지 않았다.

비가 내리는 호숫가를 산책했다. 마음먹었던 곳에 오게 되니 정말 가슴이 뛰고, 바라보고만 있어도 속이 시원해지면서 어디론가 날아갈 듯 마음이 가벼워졌다. 지구 반대편의 조용하고 평화로운 오흐리드. 정말 일상에 지친 사람들에게 어디론가 가서 쉬고 싶다면 이 조용하고 한적한 오흐리드 호수를 권하고 싶다. 이런 곳에서 단 며칠이라도 쉴 수 있다면 일상의 피곤에 지친 몸과 마음이 회복될 수 있을 것이고, 조용히 자신과 대화할 수 있는 귀중한 시간을 가질 수 있을 것이다. 그리하여 풍요롭고 넓은 마음을 가질 수 있을 것이다.

호수를 옆에 끼고 마을 언덕을 올라가니 세월의 때가 곱게 내려앉은 아름다운 마을이 있었다. 얼마나 오래된 집들일까? 조그마한 출입문에 정원을 예쁘게 꾸며 놓은 것이 너무너무 정겨웠다.

별다른 정보도 갖지 못한 채 정말 겁도 없이 찾아온 마케도니아다. 마을을 천천히 산책하다 보면 숨바꼭질하듯 호수가 얼굴을 내밀었다. 소박한 박물관에는 지역에서 출토된 유물을 전시하고 있었다.

엽서와 지도를 사고 점심으로 스파게티를 먹은 후 내가 정말 보고 싶었던 성 요한 카네오 교회를 찾아갔다. 언덕 꼭대기에서 마을도 끊어지고 숲을 따라서 호수 쪽으로 내려가니 멀리서도 한눈에 알아볼 수 있는 아름다운 교회가 호수의 절벽 끝에 서있었다. 하늘은 잔뜩 흐려 있고 조금씩 비가 오고 있었다.

성당과는 달리 정교회는 시간을 정해 놓고 개방하는 탓에 입구는 모두 잠겨 있어 아쉽게도 들어갈 수 없었다. 호수를 옆에 끼고 외로이 서있는 교회, 세상에서 가장 작고 아름다운 교회라고 부르고 싶은 그 누구도 부정하지 못할 교회. 마티스가 설계하고 스테인드글라스를 장식한 프랑스 남부 도시 방스의 로자리오 교회를 보았을 때보다 더 감격스러웠다.

빗속에 잠겨 있는 작은 교회—성 요한 카네오, 다시 올 수 없는 곳이기 때문일까? 발길이 무거워 몇 번이고 돌아보았다.

판클레이온, 바실리카 유적, 사무엘 요새도 보존이 잘 되어 있었으나 비가 내리는 음울한 분위기 탓인지 관광객은 전혀 없었다. 슬라브 문학 박물관, 이콘 갤러리도 겨울이어서 개방하지 않았다. 여름 관광객을 위해서일까? 로마 시대의 원형 극장은 정비를 서두르고 있었다.

너무 아름다워 슬프게 보이는 카네오 교회를 마음속에 담아 두고 시가지로 내려와 상점을 들여다보니 예쁜 반지가 있어서 기념으로 하나 사서 손가락에 끼었다. 오흐리드에서 나오는 진주라고 했다.

저녁 무렵, 스코피에로 가는 버스를 탔다. 머리 속은 어느새 이스탄불로 가기 위한 계획을 세우고 있었으나 마음은 이 오흐리드에 다시 올 수 있을까, 착잡하기만 했다.

밤 9시가 넘어 스코피에에 도착하여 부지런히 호텔까지 걸어가서 배낭을 찾고 아침에 예약했던 민박집으로 갔다. 겨울이라 다른 손님은 없는 듯 조용하기만 했다. 값이 싸서 좋긴 했지만 시설은 너무 엉망이었다. 춥다고 했더니 전기난로 하나를 달랑 놓아주었다. 너무 추워서 씻는 둥 마는 둥 옷을 다 입고 잠자리에 들었다. 눈앞에 호숫가의 교회가 어른거려 밤새도록 잠을 이루지 못했다.

엽서 24

헝가리의 소프론_{Sopron} 에서
Five o´clock을 마시다

헝가리는 동유럽만의 독특한 매력이 있는 나라다. 풍성한 문화적 유산·지평선 아래로 저무는 대평원·발라톤 호수, 노래 제목처럼 푸른 강은 아니지만 부다페스트를 가로지르는 잿빛 다뉴브 강이 이국적인 정취를 더하는 곳이다.

헝가리를 두 번 여행했다. 4년 전 촉박한 일정으로 갈 수 없었던 리스트의 고향 소프론을 보기 위해서다. 소프론은 우리에게 잘 알려진 도시는 아니지만 리스트의 음악적 감성을 키워 온 '헝가리의 보석상자'로 불릴 만큼 중세의 모습이 완벽하게 보존되어 있는 아름다운 도시다. 오스트리아와 헝가리 국경이 맞닿은 알프스 산맥의 한 귀퉁이에 있어서 여름철에도 멀리 알프스의 만년설이 보인다는 소프론 역에 내려 시가지로 들어서니, 아담하고 깨끗한 마을의 노란색 건축물이 인상적이다.

하늘은 맑고 햇볕은 따스한데, 겨울이라 거리는 한적하고 썰렁한 느낌이다. 좁은 골목길을 따라가는 동안 귓가에 리스트의 〈헝가리 광시곡 작품 2번 C단조〉가 은은하게 들렸다. 영화 샤인Shine의 배경 음악이기도 했던 〈2번 C단조〉는 유유히 흐르는 강물처럼 부드러우면서도 서정적이고, 때로는 거센 물결처럼 강하고 열정적이다. 수백 년 동안 변하지 않은 소프론의 건축물과 거리에서 그의 순수한 열정을 느낄 수 있었다. 슬픔과 밝음이 교차하는 그의 음악처럼 소프론의 거리도 서정적이면서 사람의 마음을 사로잡는 강한 에너지가 느껴졌다.

화재 감시 망루는 소프론의 상징이다. 지금의 바로크 양식의 둥근 발코니와 뾰족 탑은 1676년의 대화재 이후 생긴 것이라고 하는데, 꼭대기에서는 감시를 하고 낮에는 색깔 깃발로 불이 난 방향을 표시했다. 현재

박물관으로 사용되는 124개의 계단을 걸어 올라가면 소프론의 아름다운 시내 전경이 한눈에 들어온다. 중앙의 광장으로 들어와서 가장 눈에 띄는 성삼위일체 동상과 광장을 빙 둘러싸고 있는 15세기의 건물들은 정말 아름다운 모습이다.

광장에는 어린아이들이 모여서 공차기 놀이를 하고 있었다. 스토르노 저택을 물어 보았으나 잘 알지 못했다. 마을을 끝까지 돌아본 후 다시 중앙 광장으로 돌아와 그 유명한 산양 머리 모양이 장식되어 있는 성당으로 들어갔다. 1280년, 프란스시코 파가 세운 고딕 양식의 건물로, 성당 내부는 700여 년 된 세월의 두께가 인상적이다. 온몸에 소름이 돋게 하는 고색창연한 아름다움과 엄숙함에 촛불을 켜고 잠시 기도했다.

내가 가장 보고 싶었던 스토르노 저택은 바로크 양식의 화려한 2층 건물로, 메인 광장에 있었다. 소프론에서 아름답기로 소문난 건물로, 1840년에 리스트의 연주회가 열렸고, 15세기에 소프론 최초의 약국이 이 곳에 문을 열었다는 약국 박물관은 오후 2시까지 개방하여 이미 시간이 지나 들어갈 수 없었다. 고딕 양식의 파브리치우스 저택, 17세기에 지었다는 한쪽 벽이 없는 복도 모양의 로지아도 연이어 있었다.

햇빛조차 추위를 느끼게 하는 스산함에 상점들은 대부분 문을 닫았고, 공놀이를 하던 아이들도 모두 떠난 겨울날의 늦은 오후는 조용하기만 했다.

광장에서 소프론 역으로 가는 중 예쁜 찻집이 눈에 띄어 들어갔다. 홍차를 전문으로 파는 집인데, 차의 종류를 보고 깜짝 놀랐다. '홍차' 하면 흔히 실론티 · 아쌈 · 다즐링 · 닐기리 · 얼그레이 · 케냐 · 우바 정도로만 알았는데, 브렉퍼스트 · 로얄블랜드 · 애프터눈 · 오렌지페코 등등 수십 가지였다.

나는 한참 망설이다 Five o'clock을 주문했다. 새벽이든 오후든 다섯 시에 마시는 차 – 이상하면서도 낭만적인 기분에 휩싸였다. 어떤 맛일까? 기대를 하고 차를 마셨는데, 차의 맛도 아주 좋았다. 새벽 다섯 시의 상큼함과 졸음이 떨 깬 나른함이 함께 섞여 있는 맛이 시상을 떠오르게 했다.

Five o'clock

찻잔에 기댄 불면의 그림자
슬픔이 곱게 내려앉은 테이블
모든 것을 그 향기로 덮는다
불면에 맺힌 열매
그러나 슬픔을 이길 수는 없다
입술은 굳어지고 찻잔은 떨린다
Five o'clock
하얗게 밝힌 벽에 기대어
밤의 숨결 누군가의 한숨
그리고 찻잔 속으로
끝없이 달려가는 모든 것.

찻집을 나오면서 기념으로 200g을 사서 배낭에 소중히 넣었다. 서울에 돌아가서 이 차를 마시면 소프론의 추억이 그대로 살아날 것 같은 기분이었다.

새벽 다섯 시

어김없이 새벽은 온다 그냥 말없이
절망이 우리들의 신(神)인데도 불구하고
지난 밤엔 많은 피를 흘리고 진창 속에 뒹굴어 나무들조차
손을 내밀지 않고 질식시키려 했는데
마술에 걸린 이 아침 커피는 더욱 갈증을 일으키고
아무런 도움을 주지 않는다
그날그날에 감금당한 우리는 창밖의 일을 알지 못하고
지나가는 구름의 부호도 읽지 못한다
그런데도 새벽은 찾아오다니 발자국 소리도 내지 않으면서

우리의 심장은 수수께끼로 가득차 있고 손을 내미는 순간
손목은 잘리고 아무리 소리쳐도 듣지 못한다
다시 어둠이 오고 우리는 잠들고 다시 새벽은 오고.

새벽 다섯 시.

자명종이 울리기 전에 눈을 뜬다. 감탄할 정도로 정확하게 눈이 떠진다.

창밖은 아직도 깜깜하다. 제 시간에 일어났는데도 불구하고 이불 밖으로 얼른 나오지 못하고 이불 속에서 한참을 꾸물럭거린다.

벌떡 일어나 급하게 서두르다가 어제 밤에 마신 빈 커피잔이 발에 걸린다. FM 라디오를 켜고 음악을 들으면서 바빠지기 시작한다. 커피 물부터 올려놓고 아침 먹을 준비와 함께 입고 나갈 옷을 생각한다. 빈 속에 커피 먼저 마신다. 빈 속에 커피를 마시지 않기로 혼자 약속을 해놓고는 번번이 그 약속을 지키지 못한다. 도대체 무엇 때문일까?

끝없는 갈증. 무엇에 대한 목마름인지 정확하게 규명되지도 않는, 그러면서도 등 뒤에 찰거머리처럼 붙어 늘 시달리게 만드는.

가방 안에 들어갈 물건들이 제대로 들어갔나 살펴보고 전등을 끄고 가스 밸브 잠긴 것 확인하고 밖으로 나오면 복도에는 이 시간에 아무도 나간 사람이 없는지 전등은 꺼진 채이고 깜깜해서 계단이 잘 보이지 않는다. 아직 어둠에서 채 일어나지 않은 아파트를 빠져나와 전철역에 도착하면 일곱 시 십 분 전.

전철역 난간에는 많은 사람들이 벌써 두 줄로 길게 늘어서 있다. 마주 보고 서있기가 민망하여 등 뒤로 눈을 돌리면 오래 된 낡은 벽돌담과 어지러운 모습. 오래되어 퇴락한 연립주택과 그 뒤쪽에 서있는 복잡한 상가의 건물이 오늘은 엷은 안개 탓에 부유하고 있어 마치 항구에 정박해 있는 배를 연상하게 해서 계속 그쪽으로 눈을 준다.

전철 안은 절대로 한산한 적이 없다. 앞뒤로 숨을 제대로 쉴 수 없는 밀집된 공간에서 어떤 위협 같은 것을 느낀다. 또 어제 마신 숙취가 가시지 않은 듯 옆에서 술냄새를 피우는 사람에게서 심한 피로감을 느끼며 다른 곳으로 피해가고자 해도 가서 있을 곳이 없다.

'오 하느님! 우리를 어떻게 좀 해주세요.'

전철 창밖은 역마다 전철을 타려고 기다리고 있는 끝없는 사람의 물결.

일곱 시 사십오 분, 사무실 도착.

아직 아무도 출근하지 않았다. 그러니까 나는 예상 외의 텅 빈 아침의 고요함 속에 자리잡게 된다. 깨끗이 정돈되어 있는 책상, 지금도 여전히 창밖에는 플라타너스와 아무도 없는 농구장, 비어 있는 벤치, 희부연한 10층 건물들 사이로 감지될 수 있을 정도로 엷은 안개가 끼어 있다. 그 건물 내부에 단정하게 놓여 있는 책상들이 더욱 정적감을 느끼게 한다.

여덟 시.

아직 아무도 출근하지 않았다. 안개 탓이라고 생각하며 다시 커피 한 잔을 마신다. 그리고는 조간 신문을 본다. 꼼꼼하지 않게 중요한 머릿기사만 읽고 흥미를 끄는 기사만 자세하게 읽는다.

오늘 해야 할 일 점검. 빠진 일이 없나 곰곰 생각해 본다. 고달픈 하루의 시작은 늘 이렇다. 1년이 가도 5년이 가도 늘 이렇다. 전혀 다를 바가 없는 하루하루. 똑같은 필름을 계속 보고 있는 것이다. 조만간 싫증이 나서 내팽개쳐 버리게 될.

나는 감히 말하겠다. 우리 삶에 희망은 없는 거라고. 희망은 다만 신기루에 지나지 않는다는 것을. 그리고 희망은 우리를 끝없이 속이고 결국에는 우리를 지치게 만들고 우리는 그걸 훨씬 나중에야 깨닫게 된다는 것을. 그것을 깨달았을 때에는 이미 모든 일에 늦어졌다는 것. 희망을 믿느니 차리리 절망을 믿는 편이 낫다. 절망은 우리를 속이지는 않으니까.

아름다운 건축 전시장
−부다페스트 Budapest

　여행의 대부분은 영화를 보고, 음악을 듣고, 책을 읽으면서 배경이 되었던 곳을 가보고 싶은 충동에서 비롯되었다. 사람들은 역마살이라고 하지만 예술을 좋아하는 나의 편협한 성격 탓일까, 바람에 귀 기울이며 많은 나라들을 여행했다.

　두 번째의 부다페스트 방문은 슬로바키아에서 브라티슬라바, 코시체를 거쳐 헝가리의 죄르 소프론을 돌아 밤 일곱 시경에 도착했다. 처음 여행 때는 체코의 프라하에서 기차를 타고 아침에 내렸다. 아직도 사회주의 분위기가 남아 있어 어딘가 음산하고 경제적으로 낙후된 느낌이었지만 부다페스트의 밤은 거리의 악사가 부는 색소폰 선율로 아주 낭만적이었다.

　여행 전에 메모해 두었던 저렴한 비용의 호텔을 찾아갔으나 수리중으로 문이 닫혀 있었다. 다시 무거운 배낭을 메고 역으로 돌아와 인포메이션에서 소개를 받고 그리 멀지 않은 곳에 있는 민박집으로 갔다. 민박집 주인 내외가 나와서 친절하게 웃으며 문을 열어 주었다. 소박한 사람들이었다. 숙박료는 10달러 정도로, 1인용 침대에 책상과 의자, 벽난로가 있어 방은 아주 따뜻했다. 욕실은 비좁았으나 온수도 잘 나오고 하룻밤 묵기에는 싸고 괜찮았다.

　배낭을 내려놓고 저녁을 먹기 위해 지하도를 지나가는데, 인적 없는 컴컴한 거리의 노숙자들에게 신경이 쓰였다. 선술집 분위기의 지하 식당에는 몇몇 테이블에서 남녀가 어울려 술을 마시고 있었다. 전통 음식 굴라쉬Goulasch를 시켰는데, 우리나라 육개장과 흡사하다. 빵과 함께 먹으니 입맛에 잘 맞았다. 헝가리 사람들은 자기들 음식이 중국, 프랑스와 더불어 세계 3대 음식이라고 자랑한다. 터키도, 이태리도, 우리나라도, 세계 3대 요리를 손꼽으라면 하나는 자기나라 음식이 최고라고 할 것은 당연하지 않겠는가. 배부르게 먹었더니 추위도 가시고 피곤함도 풀렸다.

다음 날, 일찍 눈을 떴다. 잠이 덜 깬 부다페스트의 새벽도 아름다웠다. 기차역으로 가서 소피아행 표를 예매했다. 불가리아는 동유럽 철도 패스가 해당되지 않아 패스를 보여 주고 해당 구간만 할인 혜택을 받았다. 소피아까지는 26시간 30분이나 걸리고, 겨울에는 저녁 7시 40분에 출발하는 야간열차 한 편뿐이었다. 부다페스트 시내는 전철 노선이 잘 되어 있어 시내 관광은 편리하게 할 수 있었다.

다뉴브와 어우러진 시내 전경이 시원하게 한눈에 들어오는 부다 왕궁 Buda Castle 언덕으로 천천히 올라갔다. 예쁘게 꾸며진 상점들은 깨끗하고 조용한 거리를 더욱 인상 깊게 만들었다. 올라가는 길에 있는 밀랍인형 박물관은 그냥 지나치고 마티아스St. 성당으로 갔다. 13세기에 지어진 고딕 양식으로, 부다페스트와 수난을 같이해 온 상징적인 건물이다. 이층 박물관에는 사제들이 입던 의상, 성당 장식물, 십자가, 성화들이 전시되어 있었다. 마침 일요일이라 미사를 드리는 신자들과 성가대의 은은한 찬송이 마음을 편안하게 해주었다.

영화 〈뮤직박스Music Box〉의 무대가 되었던 부다 언덕에 높게 자리잡은 왕궁은 볼거리가 많아 제법 다리품을 팔아야 했다. 웅장한 왕궁의 정원에서 다뉴브 강을 가로지르는 세체니 다리가 보였다. 영화 〈글루미 썬데이Gloomy Sunday〉에 등장했던 아름다운 모습의 세체니 다리Szechenyi Lanchid에 차량들이 이어져 있었다. 맞은편 페스트 지구의 국회의사당의 당당한 모습도 한눈에 들어왔다.

20세기 미국 작가들의 작품이 많이 전시된 국립미술관에는 오노 요꼬의 작품도 있었으며, 루드비히 박물관Museum Ludwig에서는 바자리와 산드라차이의 특별 전시회가 열리고 있었다. 왕궁의 유물, 고딕 양식의 기둥 장식, 현대사에 관련된 사진 등을 전시한 역사박물관을 돌아보는 동안 여섯 시간이 훌쩍 흘렀다. 토산품 가게에서 여행 선물로 테이블보 10개를 사고 점심은 다시 굴라쉬-푸짐한 음식에 고춧가루, 마늘을 사용하는 것이 우리나라와 너무 비슷했다.

부다페스트는 원래 부다Buda와 페스트Pest가 다뉴브 강을 사이에 두고 있었다. 하지만 지금은 합쳐져서 아름다운 건축 전시장 같은 도시가 되었다.

다시 전철을 타고 페스트 지구로 갔다. 국회의사당과 그 주변 지역은 지난번에 보았기 때문에 영웅 광장Heroes' Square에 있는 두 곳의 미술관 중에서 관람하지 못했던 현대미술관으로 갔다. 건국 천년 기념비가 세워져 있는 영웅 광장의 왼편에 그리스의 신전을 본떠 지은 미술관에서는 엘 그레꼬·렘브란트·고흐·루벤스 등의 작품을 감상할 수 있고, 맞은편 회화관에는 주로 헝가리와 동구 작가들의 개성적인 현대 미술 작품을 전시하고 있었다. 루마니아 트란실바니아의 드라큘라의 성을 그대로 재현해 놓았다는 바이다후냐드 성Vajda Hungad Castle을 돌아보고 밖으로 나오니, 완전히 밤이었다.

부다페스트의 밤은 로얄캐슬에 올라 내려다보면 체인 브릿지 · 엘리자베스 브릿지 등과 어우러져 아주 환상적이라고 하는데, 나는 이번에도 다뉴브 강의 야경은 보지 못했다.

서부역으로 와서 하루 이상 기차를 타고 가야 하므로 간식용으로 빵과 초콜릿, 과일, 마실 물을 조금 준비했다. 소피아 행 플랫홈은 너무 멀리 떨어져 있어서 무거운 배낭에 쩔쩔매며 바쁘게 오르자마자 기차는 출발했다.

밤 22시 51분, 헝가리 국경 로코샤자에서 기차를 갈아타기 위해 역무원과 함께 내렸다. 추가 요금을 지불하고 콤파트먼트에서 쿠셋으로 표를 바꾸었다. 헝가리 군인의 체크와 다시 불가리아 군인의 여권 심사로 헝가리 국경을 통과하기까지 시간이 많이 지체되었다.

내가 타고 온 기차는 가 버리고 깜깜한 벌판에 썰렁한 기차만 한 대 달랑 놓여 있었다. 밤 열두 시가 넘어서 열차에 오르니 역무원이 자신의 바로 옆방에 자리를 잡아 주었다. 짐을 올리고 시트를 깔고 자리에 누우니, 기차가 서서히 움직였다. 한겨울의 어둠 속에 루마니아를 향하여 밤을 달려갔다.

엽서 27
너의 머리카락 속에서
내가 잠든다

숲이 잠들지 못하고 있다

죽은 새들이 나뭇잎을 덮고 있지 않으므로

모두 잠든 시간에

바람도 움직이지 않는다

나무들이 한숨을 쉰다

나뭇잎들이 가지 끝에서 떨고 있다

달도 한숨을 쉰다

구름이 밤의 물살을 가르고 지나간다

물살은 세찬 소리를 내며

먼바다로 달려 나간다

밤이 수평선에 이르도록 잠들지 못하고 있다

별 하나 뛰어내려와 램프를 들고

새의 날개를 어루만지고 있다

숲 저 끝에서 문이 열리고 있다

곧 숲은 편안히 잠이 들고

비로소 너의 머리카락 속에서

나도 잠이 든다.

엽서 28
다시 티베트를 꿈꾸며

티베트 사태가 늘 국제사회의 큰 관심거리다. 2008년 올림픽이 중국에 어떤 의미를 갖는지는 잘 알려져 있었기 때문에 그것을 기회로 인권 차별, 경제적 빈곤, 민족 문제에 대한 티베트 인들의 깊은 좌절과 분노가 중국을 압박하고 싶었을 것이다.

티베트는 중국 영토로 편입되어 있어 거대한 중국은 단호하게 진압에 들어갔고, 이를 비판하는 일부 해외 여론은 급기야 베이징올림픽 보이콧을 거론하기도 했다. 그러나 그런 압력이 성공할 가능성은 없었고, 티베트 인들의 피해를 더 키우는 불행한 결과를 가져오지 않을까 걱정스러웠다.

2006년 여름, 티베트를 여행했을 때에도 티베트 인들은 중국어를 사용하지 않으면 경제활동도 어렵고 한족에게서 받는 티베트 인들의 차별과 불이익이 여러 방면에서 심각하다고 했다. 라싸 거리는 중국어 간판뿐이고 건물 또한 모두 한족의 소유였다. 300만 명도 안 되는 티베트 인들이 10억이 넘는 한족들의 물결에 쓸려나가는 것은 시간 문제다. 티베트 인들에게 독립이니 자치니 하는 것은 호사스러운 말일 뿐, 종족 보존 자체를 걱정하지 않으면 안 될 처지가 되었으니, 100년 뒤 그들이 아메리칸 인디언과 같은 처지가 되지 않으리라고 누가 보장하겠는가.

불교 국가인 티베트는 채식을 주로 하고, 동물에게도 영혼이 있다고 굳게 믿고 있어 혹 닭고기를 먹어도 죽은 지 사흘이 지나야 요리를 했다. 고산高山 지대라는 자연적 특징으로 인간의 생존을 위한 환경은 상당히 열악한 편이지만 어디서든 오체투지를 하는 사람들을 볼 수 있었으며 그 모습은 정말 감격스러웠다. 사원이든 거리든 시장이든 진창이든 비가 오든 가리지 않았다. 나도 사원에서 오체투지를 해보았지만 겨우 열 번 했을까, 정말 보통 힘든 일이 아니었다. 그런 그들의 모습을 보면서 마음속 한 구석에 자리잡고 있는 세속적 욕망들이 조금씩 무너지면서 이 세상에 존재하는 것만으로도 감사함을 느꼈다.

숙소에 짐을 풀고 라싸 시내를 돌아다니면서 정말 나를 힘들게 했던 것은 고산증보다도 조캉 사원 뒤쪽에 있는 시장 거리에 앉아서 물건을 팔고 있는 할머니들의 얼굴이었다. 초라한 행색, 햇볕에 찌든 주름살투성이의 그 얼굴에 피어난 맑고 환한 웃음은 왈칵 눈물을 솟게 만들었다. 행복이란 무엇일까? 따뜻한 가족, 사랑할 시간, 감사할 시간이 그들에게도 충분했으면 하고 마음속으로 빌었다.

근처의 옥상에 있는 찻집은 모두 외국인들의 차지다. 고급 파이프 담배를 멋지게 물고 있는 사람 맞은편에 빈 자리가 있어 양해를 구하고 앉았다. 티베트가 너무 좋아 대만에서 여름휴가를 왔다는 그는 작곡가였다.

히말라야에서 가장 높은 산은 우리가 잘 알고 있는 해발 8848m의 초모랑마Chomolangma, 에베레스트이다. 우리나라 산악인들이 여러 번 등정하였고 목숨을 던지기도 한 곳이다. 그 어떤 산보다 티베트 인들을 비롯해 수많은 사람들의 경배를 받는 산은 성스러운 카일라스Mount Kailash다. 고대 인도사람들은 우주의 중심이자 지구의 배꼽에 수미산須彌山이 있다고 믿었는데, 수미산이 바로 카일라스이다. 카일라스는 해발 6714m로, 히말라야 산맥 북쪽 티베트 평원에 우뚝 솟아 있다. 카일라스를 순례하는데 보통 2박 3일이 걸린다. 고산증 때문에 빨리 걸을 수도 없을 뿐더러 여름에도 추위와 비바람으로 산행과 잠자리가 정말 힘들다. 이 곳을 108번 순례하면 윤회에서 벗어날 수 있다 하여 함께 순례하던 현지인은 30번째 코라를 돌고 있다고 했다. 간디의 유해를 뿌렸다는 마나사로바 호수Lake

Manasarova는 파란 하늘을 머리에 이고 끝없이 광활하게 펼쳐져 있어 이 광대한 자연 속에 나는 얼마나 보잘 것 없는 존재인지 다시 깊게 느끼도록 했다.

라싸Lasa에서 출발하여 강물이 불어 없어진 길을 여러 날 힘들게 달려 카일라스를 거쳐 다르첸Darchen을 지나 운이 좋아야 볼 수 있다는 10세기 때의 구게왕국의 유적을 찾아갔다. 길이 험해서 산 아래쪽에 사고로 뒹굴고 있는 차량을 간간히 볼 수 있었다. 사십만 년 전에는 호수였으나 지금은 바닥을 드러낸 자다에 이르자, 그 규모와 풍광이 미국의 그랜드캐년처럼 장관이다. 구게왕국은 중국이 그 동안 개방하지 않았다가 수년 전부터 개방했는데, 그것도 수시로 변동이 있어서 운이 좋아야 관람할 수 있는 곳이다. 산자락 곳곳의 동굴사원과 건축의 구성, 배치 상태 등이 아주 독특했다. 사원 안에는 진흙으로 만든 작은 불상들이 남아 있었고, 그 불상들은 아주 정교하고 생기가 있어 보였다. 동굴사원의 벽화는 선명하나 곳곳에 불에 탄 흔적이 있고, 대부분의 불탑·성벽·망루와 사원들이 전란 중에 훼손되어 안타깝기만 했다.

티베트의 사태는 남의 일로만 보이지 않는다. 지금 이 시점에서 티베트의 '완전 독립'을 주장하는 것은 실현 가능성이 없어 보일지 몰라도, 달라이 라마가 독립이 아니라 '의미 있는 자치'를 달라고 요구하고 있는 것은 당연하다고 생각한다. 왜냐하면 정치·군사·경제적 초강국으로 떠오르는 중국이 어떤 원칙과 가치를 추구하느냐 하는 것은 한반도의 운명과도 직결된 문제이기 때문이다. 드넓은 초원과 산맥으로 이루어져 끝을 알 수 없는 광대한 길에서 마음이 넓어지는 나라, 연일 안타까운 뉴스를 보면서 또다시 마음은 광대한 티베트의 산야를 달리고 있다.

밤의 둑에 앉아 너를 기다린다

불빛이 보이지 않는다
바람은 슬며시 머리를 어루만지고
나무들이 떨고 있다
새들이 또 죽었는가
아무것도 보이지 않는다
별도 반짝이지 않는다
달조차 뜨지 않는다
밤의 둑에 앉아 너를 기다린다
곧 밤이 문을 닫으리라
그리움이 먼지처럼 피어오른다
너는 오지 않는다
어둠이 문을 닫기 전에
둑 아래로 몸을 던져버린다

엽서 30
사막의 장밋빛 도시, 페트라 Petra

　　요르단의 수도 암만Amman에서 며칠을 보낸 후에 곧바로 페트라로 가는 직행 버스를 탔다. 다른 도시보다 빨리 페트라를 보고 싶었기 때문이다. 유네스코에서 세계문화유산으로 지정한 요르단 남서쪽의 산악 지대에 위치한 페트라는 고대 아라비아와 시리아, 팔레스타인과 이집트 지역을 갈라놓으며 산맥을 관통하는 지점에 놓여 있다. 나바테아 인들이 사막의 대상로를 지배하며 번영을 누렸던 도시로, 한때 번창했으나 1세기경 로마에 합병당하고 그 후 지진으로 인하여 모래 속에 묻혀 있다가 1812년, 스위스 학자 요한 부르크하르트에 의해 발견된 고대 나바테아 왕국의 수도이다.

　　마을 입구에 숙소를 정하자마자 페트라 유적지로 달려갔다. 겨울이고 오후여서 그런지 아니면 지역이 워낙 넓어서 그런지 관광객들이 거의 보이지 않았다. 도시 전체가 유적지인 만큼 다 돌아보려면 사나흘은 잡아야 했다. 지도 한 장에 의지를 하고 천천히 2000년 전의 고대 도시의 향기를 맡고자 했다. 사방이 모래둔덕이요, 바위산이었다. 어느 쪽으로 가야 좋을까 난감해하다가 한 베드인 청년을 만났다. 그는 이 지역의 주민이고 자기가 길 안내를 하겠다고 하면서 '압둘라' 라고 자신을 소개했다.

　　페트라의 입구는 협곡이라는 뜻의 아랍어인 '시크' 라고 불린다. 기묘하게 생긴 바위들과 색채가 어우러져 신비감을 더하는 시크 덕분에 페트라 유적은 오랫동안 잊힌 채로 남겨져 있었다. 압둘라는 지도에도 없는 지름길을 이용해 위쪽으로 가서 내려오는 게 훨씬 좋다고 앞장서서 걸었다. 붉은 사암의 연노란색으로 변해 가는 암맥이 드러나보이며 물이 흐르지 않는 계곡을 지나 정상에서 내려다본 고대 도시는 장관이었다. 장밋빛 도시라는 별명이 정말 잘 어울렸다. 그는 아름다운 색을 지닌 돌을 주워 내게 기념으로 주었다.

　　암벽을 깎아 만든 알 데이르수도원는 바위의 일부인 듯 여전히 아름답고 웅장한 모습으로 오랜 세월을 담고 있었다. 수백 미터 높이의 거대한 협곡 사이로 뛰어난 기술로 세워진 도시의 흔적은 고대 극장, 중심 거리, 신전, 무덤들이 옛 모습을 고스란히 간직하고 있어 탄성이 절로 나왔다. 압둘라 덕분에 아직도 베드인이 살고 있는 동굴도 구경할 수 있었다. 비잔틴 교회, 사자 사원 등 그는 협곡과 계곡 사이를 누비고 다니며 이곳 저곳을 설명해 주었다.

　　신전으로 추정되는 알 카즈네로 내려와 보니 영화 〈인디아나 존스〉의 장면이 정말 실감났다. 외진 사막 협곡에 사암을 깎아 이렇게 아름다운 건축물을 세워놓았다니, 정말 놀라운 일이다. 절벽을 깎아 만든 건축물들이 당시의 영화를 느끼기에 충분했다. 정교한 모양을 한 무덤들에서 지금도 베드인이 일부 거주하기도 하고, 많은 곳은 거의 비어 있었다.

　압둘라가 알 카즈네 근처의 한 찻집으로 안내했다. 압둘라가 형이라고 소개한 찻집 주인은 영화배우 못지않게 잘 생긴 베드인 남자다. 나이가 40 가까이 보였는데, 28세라고 하여 놀라 압둘라를 보니, 자신은 25세라고 한다. 천막 안에서 같이 차를 마시며 얘기를 나누다 보니 저녁때가 되었다. 함께 저녁을 먹자고 하여 닭고기를 사다가 동굴 안에 불을 피워 요리해 먹었다.

　달이 환하게 밝아왔다. 달빛에 잠긴 고대 도시는 음산하면서 아름다운 빛을 발했다. 로마 역시 돌을 이용한 건축 문명을 자랑하지만 나바테안의 암벽을 깎아 만든 조각 문명은 자연을 그대로 이용한 뛰어난 건축 기술로, 이 또한 독특한 문명이다. 요르단으로서는 페트라의 독특한 모습이 파괴되지 않도록 어떻게 지켜나가야 하느냐가 커다란 문제로 보였다.

　저녁을 맛있게 먹고 이런저런 얘기를 나누면서 압둘라는 연신 말보로를 피워 물었다. 몸에 해로운 비싼 담배를 왜 그렇게 피우냐고 하니까 씁쓸하게 웃었다. 내가 자꾸 그러면 일찍 죽는다고 하자 그는 살고 싶지 않다고 했다. 희망이 없다고 하면서…….

　유적지 입구까지 데려다 주겠다고 그가 일어섰다. 달빛이 비치는 페트라에 옛 나바테안들의 유령이 나타나 어슬렁거릴 것 같은 느낌이 들었다. 돌아오는 길에 같은 숙소에 머물고 있는 대만 여자를 만났다. 그녀는 호텔에서 잠을 안 자고 베드인의 동굴에서 그들과 함께 자겠다고 했다. 나는 그럴 용기는 없었다.

　다음 날 아침, 다시 압둘라를 만나 전날 보지 못한 지역을 함께 돌아다녔다. 그의 도움으로 페트라를 구석구석 볼 수 있어 정말 다행이었다. 아직도 발굴이 진행중인 풀리지 않은 많은 비밀을 간직한 아름다운 도시, 그 신비스러운 도시에 살면서도 희망을 잃은 압둘라를 위해 한 편의 시를 띄운다.

의자에 앉아 울고 있는

의자에 앉아 울고 있는 너의 등 뒤로

달빛이 흐른다

우주에서 버림받은 세계

손을 잡아주어도

모래로 흩어질 뿐이다

너의 등에서 흐르는 시냇물을 본다

멀리 흐르지도 못하는

단지 의자 밑에서 멈추기만 하는

네 얇은 옷자락을 파고드는 밤의 냉기 속에

괴로워하는 나무들

우주에서 죽은 별들이

너의 동굴에 쏟아지고 있다.

동굴에서 밤을 지새다

-페트라에서-

모닥불은 욕망의 포로처럼 타올랐다
손가락으로 단단한 벽을 할퀴고.
그건 어둠으로 내려가는 통로였다.
유령들이 밤을 걸어다녔다.
나의 손을 잡는 손에서
스산한 바람이 감돌았다.
새벽 이슬의 냄새가 나는 손
유령의 펄럭이는 옷자락에
모닥불이 꺼졌다
밖은 여전히 밤이었다
동굴 속에 숨어 있던 유령들이
모두 창문을 열었다
달빛을 움켜쥐고 내 목에 걸어주었다
기억 속에는 악몽이 끈질기게 남아 있고
유령의 가려진 얼굴에서
꿈의 숨겨진 이름을 읽었다.

בוכרא

E OF JAPAN
CHEME
N OF THE
PAKISTAN

너의 발자국에 넘치는

너의 발자국에 넘치는
슬픔을 본다
옷자락에서도 뚝뚝 떨어지는
까마귀도 침묵하고 있다
동굴에서 또 다른 슬픔이
머리를 내민다
문득 유성이 보인다
우주에서 떨어져 나온
꿈을 잃은 별
스스로 무덤을 찾아
깊은 계곡에서 잠들고 싶은 듯
너의 희망이 죽었던 곳
세상이 끝나는 이 곳에서
심장이 멈춘다
그제서야 너의 옷을 벗어
달빛에 헹구어
바람의 팔에 걸어놓는다.

영국 남서부의 휴양지, 콘월Cornwall

　　잉글랜드 남서부는 따뜻한 기후와 화려한 해안으로 영국에서도 인기 높은 휴양지이다. 스코틀랜드를 돌아보고 웨일스를 거쳐 도착한 곳은 서남쪽 끝 – 콘월. 런던에서 기차나 차로 몇 시간이면 쉽게 갈 수 있는 곳이다. 콘월의 여름은 우리나라의 8월과는 전혀 다른, 습기도 별로 없고 그렇게 덥지도 않은 상쾌한 날씨다.

　　런던에서 기차로 다섯 시간 거리에 있는 팬잰스가 가까워오자 차창 밖으로 보이는 해안 풍경은 가히 장관이다. 영국판 셍 몽셀 미셀로 알려진 섬이 바다에 아름답게 떠 있었다. 중심가를 지나 마을 서쪽 끝에 있는 호스텔에 아침식사를 포함, 13파운드에 숙소를 정하고 땅끝 마을 랜즈앤드를 돌아보았다.

랜즈앤드는 팬잰스에서 2시간 간격으로 버스가 다니며, 시간은 50분이 걸린다. 여름인데도 거세게 부는 바람은 곧 바다 쪽으로 휩쓸려 갈 것 같은 강한 바람이었다. 아득히 펼쳐진 바다를 향해 파도가 사납게 몰아치고 있다. 황량한 바람 앞에 키 작은 들풀만 거칠게 자라고 있었다.

다음 날, 아침 일찍 버스를 타고 세인트 마이클 마운트에 갔다. 해안에서 섬으로 들어가는 배삯은 1파운드. 썰물 때는 물이 빠져 섬까지 걸어갈 수 있지만 그때까지 기다릴 수 없어 우선은 박물관으로 사용되고 있는 수도원이었던 성 주변을 둘러보았다. 그리고 다시 배를 타고 나와 팬잰스 역에서 기차로 세인트 어스에 도착, 버스를 타고 굴곡이 심한 좁은 길을 한참 돌고 돌아 아름다운 항구 도시 세인트 아이브스 해안에 닿았다.

세계적으로 이름 난 이 지역 출신 여류 조각가 바바라 헵워스_{Barbara Hepworth}의 아틀리에 겸 박물관을 비롯하여 갤러리나 박물관이 많아서 작은 항구 도시에 불과했던 이 곳이 깨끗하고 아름다운 휴양지로 각광을 받는다. 해변에서 언덕 꼭대기까지 별장과 팬션이 늘어서 있고, 멋진 오두막집들과 항구들이 200년 전의 모습을 고스란히 지닌 채 남아 있어 관광객의 발길을 멈추게 하기에 충분했다. 바바라 헵워스의 정원에는 많은 작품이 전시되어 있었고, 막 작업을 끝낸 그녀가 잠시 쉬는 것 같은 느낌을 주고 있었다.

그녀의 박물관을 나와 왼쪽 언덕의 끝까지 올라가면 반대편 해안이 펼쳐지는데, 바로 그 아래 테이트 모던 미술관_{Tate Modern Collection}이 있고, 해안 쪽 바로 바다를 바라보는 언덕에는 공동묘지가 있다. 밤의 사나운 파도소리와 바람소리로 영령들은 잠 못 이룰지 몰라도 아름다운 곳에서 영원한 휴식을 취하고 있다니, 행복하리라는 생각이 든다.

반대편 마을 해안 가까이에 있는 패리쉬 교회는 전부 벽돌로 이루어

진, 세인트 아이브스에서 가장 큰 교회다.

버지니아 울프는 어린 시절 이 곳에 자주 와서 여름을 지냈다고 한다. 그녀의 아버지가 별장을 세내어 쓰고 있었기 때문이다. 이 별장이 바로 탤런드 하우스. 지도를 들고 한참을 찾아 돌아다니다가 마을 중턱의 탤런드 로드에서 주차 요원으로 일하는 남자에게 텔런드 하우스를 물어보았다. 바로 옆 길가에 선 하얀 이층집을 가리켰다. 발 밑에 바로 해안이 있고 그 너머는 바다가 툭 트여 있다. 만의 오른쪽 끝에 하얀 등대가 보였다. 이 별장과 고드레비 등대가 버지니아 울프의 「등대」라는 소설의 무대가 된 그 별장이고 그 등대다. 주차 요원에게 물어보니 지금 그 집은 호텔로 쓰고 있다며 울프의 유물이라고 할 만한 것은 따로 없다고 했다. 언덕 위에서 한참을 서서 그 등대를 바라보며 울프의 소설을 생각했다.

등대는 바로 우리의 희망이자 꿈 – 나도 역시 이 꿈을 찾아 이 먼 곳에서 헤매고 있다. 우리는 과연 우리의 삶에서 이 꿈과 희망의 실체에 얼마나 접근할 수 있을까? 바다는 대답하지 않았다. 질문을 마음속에 담아 두고 다시 버스를 타고 팬잰스로 돌아왔다.

밤 이슥한 시간에 숙소로 돌아왔더니 같은 방에 묵고 있는 뉴질랜드에서 온 여교사가 오늘은 어디를 돌아보았느냐, 왜 이렇게 늦었느냐, 내일은 어디를 갈 계획이냐 여러 가지 질문을 퍼부었다. 창문 밖에는 시끄럽게 울어 대는 갈매기 울음소리로 잠을 제대로 이룰 수가 없었다. 갈매기들은 대체 무슨 이야기를 하는 걸까? 내일은 다트무어 주변을 돌아보리라 생각하며 잠을 청했으나 갈매기들은 끝내 조용해지지 않았다. 어쨌든 아름다운 여름밤이 꿈같이 흘러가고 있었다.

너의 손에서 흘러내리는

너의 손에서 흘러내리는
탄식을 닦아줄 수 있다면
손들은 사슬에 묶여 있다
벼랑을 타고 내려오는 바람에
네가 흔들린다
휘몰아치는 모래에 눈도 뜰 수 없다
보이지 않아도 너의 이야기는
결코 끝나지 않는다
저녁의 아픔까지 몰려와서
발목 깊이 너의 슬픔은 쌓이고
별들은 하나둘 꺼진다
피가 흘러 넘치는 두 손 사이에서
기다리는 것을 나는 줄 수 없고
다시 돌아와야 한다
다른 시간과
다른 아픔으로.

그대,
인도를 꿈꾸는가

인도에 관련된 많은 여행기가 있다. 신비와 성자의 나라로 포장한 책이 있는가 하면 여행과 관련된 실질적인 정보 책자, 소설, 에세이 등 다양하다. 그러나 사실을 말하자면, 인도를 여행하려면 이 모든 책자는 필요 없다. 인도를 제대로 여행하려면 이 모든 사전 정보는 필요없는 것이다. 선입견으로 인해 오히려 기대가 실망으로 실망은 더 큰 실망을 가져오기 때문이다. 인도는 우선 영토가 우리나라의 30배가 넘는다. 인구도 십억이 넘는다. 아무런 선입견 없이, 부담 없이 마음 편하게 인도 땅을 밟고 여행을 시작할 때 비로소 많은 것들이 다가올 것이다. 더럽고, 거지가 많고, 구걸하는 사람들로 피곤하고, 마냥 게으르고, 시간 관념이 없고, 어디서든 바가지를 씌우고, 물건값은 늘 깎아야 되고, 거스름 돈을 잘 확인해야 되고 등등. 이런 여러 가지 좋지 않은 생각을 가지고 인도에 들어가면 그런 선입견에서 쉽사리 빠져나올 수 없고 여행 내내 그런 생각들에 사로잡혀 오히려 인도와의 순수한 만남을 방해받는 것이다.

인도는 신비의 나라도 아니고 성자의 나라도 아니다. 21세기를 살아가는 현실 그 자체인 것이다. 나 역시 뭄바이부터 여러 도시를 거치는 동안 짜증도 났고 속기도 하고 바가지도 쓰고 불편하게 하는 많은 점들 때문에 화를 냈으나, 바라나시로 가는 야간열차에서부터 나의 이런 불평은 사라졌다. 밤 열 시가 넘어서 의자를 침대로 만들고 잠을 청했다가 한두 시간 후 화장실에 가려고 일어난 순간 정말 놀라고 말았다. 희미한 불빛 아래 기차 통로에서 화장실 문 앞까지, 현지인들이 기차 바닥에 빽빽이 앉아 있었다. 화장실은커녕 꼼짝할 수도 없고 내 침대 발치에도 노인이 불편한 자세로 앉아 있었다. 모두 자그마한 농산물 보따리를 안고 있었고, 옷차림은 초라하기 짝이 없고 냄새가 났으며, 얼굴에는 굵은 주름살이 깊이 패어 있고 고단한 얼굴인데, 표정은 놀랍도록 평온한 얼굴이었다. 짜증내는 사람도 없고 불평도 들리지 않았으며, 아주 어린 아이들조차 힘들다는 칭얼거림 없이 모두가 그 불편함을 묵묵히 견디며 편안한 얼굴을 하고 있었다. 기차 창문으로는 차가운 바람이 계속 몰아치고, 옷들도 변변히 입지도 않았는데 어떻게 그렇게 모두들 맑은 눈빛으로 편안히 앉아 있을 수 있는지. 도저히 마음이 불편하여 침대에 누워 있을 수가 없었다.

그대 인도를 꿈꾸는가. 그러면 바라나시에 가보라. 갠지스 강의 아침에도 나가보고 하루 종일 어슬렁거려 보라. 더도 말고 일 주일만 있어 보라.

나는 바라나시에서 싸고 좀 깨끗한 숙소를 찾다 보니 화장터 바로 앞에 숙소를 정하게 되었다. 낮이고 밤이고 쉴 새 없이 시체가 지나갔고, 하루 종일 화장하는 연기가 피어올랐다. 시체의 얼굴도 수없이 보았다. 강물은 더러웠는데도 빨래하는 사람, 목욕하는 사람, 머리 감는 사람, 그 물을 마시는 사람 들로 하루 종일 붐볐다. 강가의 카트에도 늘 사람들로 북적거렸다. 구걸하는 아이에서부터 맛사지꾼, 상인, 여행자, 현지인, 수행자, 정말 갖가지 사람들로 늘 복잡하였다. 어슬렁거리며 떼를 지어다니는 개들까지 합세하여 하루 종일 카트에 앉아 구경을 해도 심심하지 않을 정도였다.

SAVE LAKES
SAVE WATER
SAVE UDAIPUR

강을 유람하다가 바로 내 앞에서 수장하는 광경도 보게 되었다. 세 명이 배를 타고 있었는데 화려한 색의 천으로 감싼 시체를 물 속으로 조용히 밀어 넣었다. 제 할 일을 제대로 다하지 못하고 죽은 자는 화장을 하지 않고 수장을 한다고 했다. 강바닥에 얼마나 많은 시체가 쌓여 있겠는가. 가끔 시체의 일부가 떠올라 강가로 밀려오면 개 떼들이 달려들어 시체를 뜯어먹어도 아무도 신경 쓰지 않는다고 한다. 또한 타다 만 시체들이 강물에 떠내려 가기도 한다. 그런데도 그들은 그 물을 마시고 그 옆에서 목욕을 했다. 보는 사람에 따라 그 느낌은 모두 다르기 때문에 무어라고 할 말은 없다.

기이한 일은 갠지스 강에서 벌어지는 그 모든 일들이 아름답게 보인다는 사실이다. 새벽 안개가 설핏 강을 휩쓸고 지나가고 황금빛 태양이 강을 물들이며 떠오를 때의 그 장엄함, 석양 무렵 점차 어둠이 깔리며 신을 경배하는 촛불이 하나 둘 불을 밝히고 밤늦게까지 신을 찬양하는 끊이지 않는 행렬을 볼 때 우리가 상상할 수 없는, 우리가 그들이 아니기에 느낄 수 없는 그 무언가는 분명히 있다. 그 때문에 인도를 찾는 수많은 여행자의 발길이 끊어지지 않는지도 모른다.

그대 역시 인도를 꿈꾼다면 잊지 말고 물안개 피어나는 갠지스 강의 아침을 맞이하라. 삶과 죽음의 경계를 온몸으로 받아들이는 그들의 일상에 동화되어 보라. 잠시나마 구도자가 되는 일체감을 느낄 것이니.

'신이여, 다시 바라나시로 가는 배낭을 꾸리게 될 행운을 내게 주소서.'

홍해의 물결

아카바Aqaba 만에 위치한 이스라엘의 휴양 도시 에일라트Eilat − 이집트에 들어가기 위해서는 이집트와 요르단 사이에 불과 수마일 정도 샌드위치처럼 끼어 있는 이스라엘의 국경 도시 에일라트를 지나야만 한다.

요르단 알 후세인 다리에서 이스라엘로 입국할 때 국경 검문이 어찌나 까다로웠던지 이스라엘이 아랍권의 적대국들에게 둘러싸여 있음을 실감했는데, 에일라트 국경에서도 역시 검문 검색이 심했다. 그들에겐 사활이 걸린 문제이므로 그렇게 할 수밖에 없었으리라. 여권 검사를 마치고 이집트 국경을 넘어 왔으나 비자를 받을 수 없어 다시 이스라엘로 들어가 이집트 대사관에서 비자를 받았다. 그리고 다시 이집트 국경을 넘어오니 예정보다 시간이 많이 지체되었다. 그간 여러 나라를 다니면서 이런 검문소를 거치지 않은 것이 얼마나 수월한 여행이었나를 새삼 깨달았다. 하긴 이스라엘 백성은 이집트에서 가나안 땅에 들어가기까지 40년이 걸렸으니…….

국경 검문소에서 마지막 버스가 오후 3시에 있는데, 4시가 넘었으니 버스는 끊어졌고, 택시조차 없어 난감하기만 했다. 황량한 국경 근처에 카지노 호텔이 하나 있어 입구에 배낭을 깔고 앉아 기다리자, 마침 대형 관광버스가 들어오더니 호텔 앞에 사람들을 모두 내려놓고 차를 돌려 나갈 준비를 하고 있었다. 기사에게 달려가서 사정을 얘기하고 다합Dahab으로 가는 버스가 끊어졌으니 도와달라고 했다. 기사는 행선지가 달라 다합으로 들어가는 큰 도로에 내려주겠다고 했다. 감지덕지 버스에 올랐다. 모래먼지가 피어오르는 사막 도로를 한 시간 가량 달리니 금방 한밤중이었다. 버스의 전조등만이 길을 밝힐 뿐 주위는 완전히 암흑이다.

기사가 담배를 피워 물고 옆자리에 앉아 있는 내게 맥주를 권했다. 순간 머리칼이 쭈뼛 곤두섰다. 기사가 이상한 생각이라도 하면 나는 어떻게 되는 것인가, 사막 한가운데에서 죽어도 아무도 모를 지경이 아닌가. 겁 없이 여행하다가 죽는구나, 생각했다. 네다섯 시간을 어떻게 달려왔는지 모른다. 다행히 기사는 다합으로 들어가는 큰 길가에 내려주었다.

한밤중에 배낭을 둘러메고 내리자 군인들이 달려왔다. 테러 때문에 많은 군경들이 집결하여 도로를 통제하고 있었다. 사정을 확인하고 지나가는 승용차를 세워 물어보더니, 두 남자가 타고 있는 차를 타라고 했다. 두 남자는 아버지와 아들로, 다합에 도착하여 내가 묵을 곳을 찾느라 마을을 빙빙 돌아서 숙소에 내려주었다. 고마운 사람들이다.

인류 문명의 기원을 말할 때 빠지지 않는 나라가 바로 이집트. 나일 문명의 발상지인 이집트를 생각하면 흔히 피라미드나 파라오 등의 유적과 모래사막, 나일 강 등을 떠올리기 십상이다. 시나이 반도를 둘러싼 홍해는 그런 점에서 이집트 여행의 새로운 발견인 셈. 유럽인 사이에서는 이미 최고의 휴양지로 알려졌지만 우리에게는 아직 낯설기만 하다.

세계에서 가장 깨끗한 바다로 알려진 홍해. 이집트 시나이 반도 동북쪽 해안, 이스라엘과 이집트 국경인 타바Taba 검문소에 이르기까지 계속 아카바 만의 홍해를 끼고 북으로 이어진다. 홍해는 늦은 햇살 아래 짙은 청색으로 반짝였다. 해안에는 듬성듬성 지중해 스타일의 하얀 집들과 휴양시설들이 눈에 띄었다. 새파란 바닷물이 넘실댄다. 종려나무가 그 큰 키를 자랑하며 수려한 자태로 하늘을 찌를 듯 서있는 모습이 시원스럽다.

휴양 도시로, 그 쾌적한 날씨와 아름다운 바다로 관광객들에게 각광을 받고 있는 도시. 그 중 한 곳, 아살라Assalah에는 배낭 여행자를 위한 싼 숙소와 레스토랑이 몰려 있다. 마을은 평화로움과 아늑함이 느껴질 뿐만 아니라 물가도 상당히 싸서 가난한 배낭여행자도 편히 지낼 수 있다. 바다를 바라보며 한가하게 늦은 아침을 먹고 해변으로 나가 눈이 시릴 정도로 푸른 바다에 뛰어들어 스노클링Snorkeling을 즐기며 온갖 물고기와 산호초를 구경하는 것도 환상적이고, 세계적으로 다이빙을 즐기는 사람들에게 최적의 장소로 여겨지는 곳들이 많이 있어 대부분 여행자 숙소에서 다이빙 투어나 스노클링 투어를 취급해서 어렵지 않게 이를 즐길 수 있었다.

홍해의 물결이 너의 잠을

홍해의 물결이 너의 잠을 적신다
날개 같은 움직임으로
바람 속으로 흩어지는 목소리
저녁의 눈물과 해초의 손가락들
사이로 흐르는 탄식이
잠을 뒤따라온다
물결은 몸을 구부리며 묻는다
마을은 바람에 조금씩 부서지고
길은 모래 밑으로 숨는다
밤도 어딘가로 날아가고
먼바다를 꿈꾸는 너의 잠을
수평선으로 밀고 가는 푸른 물결
너의 신발만이
해변에 뒹굴고 있다.

시간이 멈춰선 듯 조용한 마을에서 이렇게 시를 끄적여 보기도 하고, 홍해의 물결소리가 자장가처럼 귀를 간질이는 바다가 보이는 카페에서 책을 읽기도 하고, 해변을 따라 산책도 하면서 나는 오랜 만에 한가롭게 시간을 보냈다. 바닷바람을 맞으며 한 폭의 수채화를 보듯 평화롭고 아름다운 홍해를 내내 눈에 담았다.

코카서스 지역의 여행

한여름 불볕 더위에 코카서스Caucasus 산맥을 안고 있는 지역의 여행은 한 마디로 순례자의 길이었다. 이 지역에 왜 아무도 이런 이름을 붙이지 않았는지 의아할 정도다.

코카서스 지역이 보여 주는 숭엄한 대자연의 모습, 그 아래 순박하게 살아가는 코카서스 인의 소박한 삶의 모습, 선이 굵은 얼굴들이 보여 주는 친절한 마음씨, 그러면서도 대도시 사람들의 또 다른 세련된 삶의 모습. 대체로 이러한 점들이 이 지역을 여행할 때 눈여겨보라는 지침들이다. 그러나 나는 무엇보다도 순례자의 길이라는 것을 첫 번째 중요한 의미라고 본다. 카즈베기Kazbegi – 조지아Georgia의 최북단에 있으며 러시아의 접경 지역으로, 작은 마을이다. 시그나기Sighnagi에서 버스로 다섯 시간 가량 포장도 제대로 되어 있지 않은 군사도로를 달려 5033m의 카즈베기 산이 있는 게르게티Gergeti 마을을 찾아갔다. 꼬불꼬불 험한 산길은 정말 장관이다. 산등성에 깨알처럼 보이는 양 떼들의 모습, 말을 타고 산길을 달리는 소년의 모습, 이름 모를 천지의 야생화들. 마을 게스트 하우스에 여장을 풀고 마을이 있는 산꼭대기의 성삼위 일체 교회Trinity Cathedral를 찾아갔다. 600년 전에 지어진 교회이며, 마을에서 교회까지는 산길로 5.4km, 천천히 산길을 걸어 올라가면 두 시간, 빠른 걸음이면 한 시간 반 거리다.

오후 늦게 산을 올라가니 산꼭대기는 구름과 안개에 뒤덮여 가까이 다가가도 교회 모습이 언뜻언뜻 보일 뿐 자태를 제대로 볼 수 없었다. 만년설로 덮인 카즈베기 산도 안개 속일 뿐이다. 안개와 구름으로 뒤덮인 산길을 헤매는 것도 멋진 경험이었다. 서너 걸음 앞도 제대로 보이지 않

있다. 불을 밝힌 교회에 들어가서 소박한 아름다움에 감탄을 하고 산길을 내려와 내일 아침에 다시 올라오리라 마음을 먹었다.

숙소에 돌아와 한밤중에 산을 올려다보니 안개가 말끔히 걷히고 산꼭대기에 불을 밝히고 예쁘게 앉아 있는 교회가 선명하게 보였다. 한밤중, 산꼭대기 높은 곳에서 마을을 지켜주는 교회. 마을에서 가장 높은 곳에 교회를 지어 신에게 가까이 다가가고자 한, 기도소리가 하늘에 닿을 수 있도록 최대한 높은 곳에 이르고자 한 그 간절한 마음. 한밤중에도 산을 올려다보며 신의 품속에 안겨 있다는 심리적 안정감. 험한 지형 속에서 수십 차례 외세의 침략을 받으면서 근근히 삶을 지켜올 수 있었던 것은 바로 신에 대한 믿음과 사랑 때문이었다. 카즈베기의 트리니티 교회 Trinity Cathedra는 이러한 신앙심을 보여 주는 대표적 모습이다.

그 이외의 어느 지역의 교회를 찾아가도 역시 같은 모습이었다. 텔라비 부근의 교회들, 시그나기의 마을 꼭대기의 작은 교회, 옛 수도였던 므츠헤타의 교회들, 수도 트빌리시의 교회들, 스탈린의 고향 마을인 고리의 교회, 쿠타이시의 교회들. 아르메니아에서도 마찬가지였다. 딜리잔·세반·예레반 지역의 교회들의 모습. 교회의 위치와 건축의 모습에서 신에게 가까이 다가가고자 하는, 기도소리를 하늘에 이르게 하고자 하는, 늘 신의 품속에 있다는 간절하고 애절한 마음이 강하게 드러나 있었다.

6세기에서 근 1000년 전에 지어진 이들 교회를 찾아가 보는 일은 정말 순례자의 길이다. 고대인들의 신앙생활이 현재에도 경건하게 면면히 이어져 오는 코카서스 인의 삶의 모습에서 짙게 배어나오는 종교성을 느낄 수 있었다. 불볕 더위에 정말 땀나고 힘든 순례자의 길이었다.

1783
1983

우리나라에 이렇게 가난한 사람이 많은 이유는
사람들에게 부자가 되는 법을 가르치는 게 아니라
가난한 삶에 만족하는 법을 가르치기 때문이었다.

-오르한 파묵의 『검은 책』에서

엽서 39

뉴욕, 뉴욕

때로 나날의 얼굴에서
마스크를 벗겨 버렸다
발 밑의 돌이 흔들거리고
가느다란 잎사귀에도
폭풍의 그림자가 흔들리고 있음을
황홀한 감각이 맞서는 방법을 가르쳐 주었다
뉴욕 어빙플라자에서
키드 커디의 힙합을 들으면서
바닥을 힘차게 뛰어올랐다
내 머리는 천장에 닿았지
그리곤 어디론가 흘러가 버렸다
흘러가 버린 나를 뒤쫓지는 않았다
새벽 한 시의 뉴욕 전철 안에서
사라지는 나를 망연히 보고 있었다.

quack.com
Aflac
Bill
THE
FUTURE
OF
POWER
HERE
Virgin
FOREVER 21
LG
Life's Good
LG
All-New
KIA

I'm a PC
and Window
was my id
109
RS
By Sheckler
RELENTLESS
SATURDAY FEBRUARY
LIVE ON PAY-PER-VIEW
ClearChannel
SPECTACOLOR
Kodak
Kodak
THE LION KING
FREE WIFI
NOW IN TIMES SQUARE
America

하루하루는 여행이다.

여행길이다.

매일매일이 낯선 길이며, 낯선 장소이고, 낯선 사람을 만나는 것이다.

잘 알고 있다고 생각했던 사람도 어느 날 갑자기 낯선 사람으로 변하여 우리를 당혹케 한다.

장소도 마찬가지다.

늘 머무는 장소임에도 그날의 날씨와, 기분과, 이야기를 나눈 사람에 따라 전혀 다른 장소로 변해버린다.

같은 의자에 앉아서도 그날 비치는 햇빛에 따라 커피의 맛도 달라진다.

나뭇잎 사이로 투명하게 비치는 햇빛을 보며 마시는 커피와 흐린 날 슬픔이 살며시 내려앉은 나뭇잎을 보며 마시는 커피 맛은 같을 수가 없는 것이다.

하루하루가 길을 따라 어디론가 가는 여행길이라면 그 길은 결국 순례의 길과 통한다.

우리는 하루하루를 물집이 생겨난 발걸음으로 힘들게 고행하는 순례자인 것이다.

사무실이건 주차장이건 운동장이건 쇼핑 센터이건, 우리의 발걸음이 고단한 삶의 이곳저곳을 밟고 있다면 밟은 그 장소는 이미 성스러운 곳이며, 우리는 순례자인 것이다.

새벽 다섯 시
바람이 불어오는 곳으로

초판 1쇄 인쇄 | 2013년 7월 5일
초판 1쇄 발행 | 2013년 7월 15일

글 · 사진 안혜경

발행인 김정옥
대   표 김남석
디자인 임세희

발 행 처 도서출판 우리책
주   소 135-230 서울시 강남구 양재대로 55길 37, 302(일원동, 대도빌딩)
전화번호 (02)2236-5982
팩시밀리 (02)2232-5982
등록번호 제2-36119호
홈페이지 http://www.daewonsa.co.kr

이 책에 실린 글과 사진은 저자와 도서출판 우리책의 동의 없이는
아무도 사용할 수 없습니다.
도서출판 우리책은 (주)대원사의 계열사입니다.

ⓒ 안혜경, 2013

ISBN | 978-89-90392-46-6 03810

국립중앙도서관 출판시 도서목록은 e-CIP홈페이지(http://www.nl.go.kr/ecip)에서
이용하실 수 있습니다. (CIP제어번호 : 2013010368)

값 13,500원